마음도
　　　　마음대로
정리할 수 있다면

마음도 마음대로 정리할 수 있다면

—

2019년 9월 25일 1판 1쇄 인쇄
2019년 10월 2일 1판 1쇄 발행

—

지은이 식식
펴낸이 이상훈
펴낸곳 책밥
주소 03986 서울시 마포구 동교로23길 116 3층
전화 번호 02-582-6707
팩스 번호 02-335-6702
홈페이지 www.bookisbab.co.kr
등록 2007. 1. 31. 제313-2007-126호

—

기획·진행 김다빈
디자인 프롬디자인

—

ISBN 979-11-86925-93-5 (03810)
정가 14,000원

—

책밥은 (주)오렌지페이퍼의 출판 브랜드입니다.

이 도서의 국립중앙도서관 출판예정도서목록(CIP)은 서지정보유통지원시스템 홈페이지
(http://seoji.nl.go.kr)와 국가자료종합목록 구축시스템(http://kolis-net.nl.go.kr)에서
이용하실 수 있습니다. (CIP제어번호 : CIP2019036061)

마음도

마음대로
정리할 수 있다면

식식 지음

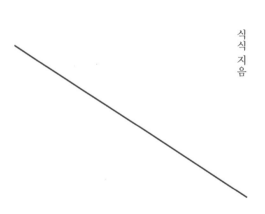

책밥

프
롤
로
그

질서 없이 뒤엉킨 기억들은 내 곁을 어쩌다 스쳤거나 의도적으로 드나든 사람들로부터 시작된다. 꺼리는 계절처럼 찾아왔다가 사랑하는 계절처럼 떠나가 버린 이들. 그 뒤에 남은 것들은 연약해진 날마다 한꺼번에 밀려 나와 나를 짓누르곤 한다. 그렇게 과거는 정리를 미룬 옷장처럼 존재한다.

허나 언제까지고 미룰 수 없는 일임을 알기에 어느 날은 단단한 호흡으로 정신없이 쌓인 것들을 마주 보고 앉는다. 차분히 훑어보다 손에 집히는 것부터 정리를 시작한다. 가지런히 접어 칸칸이 넣어 두고, 철 지난 옷은 다른 곳에 분류하고, 버릴 것은 위에 따로 빼두는 움직임. 다양한 동작을 품고 이어지는 시간은 정제를 위한 것이지만 한편으론 처분을 위한 것이기도 하다.

할 수 있는 만큼의 일을 끝내면 약간의 여유가 생긴 공간, 각자의 자리를 찾은 것들이 시야에 담긴다. 이 정도면 됐을까, 적어도 지금 당장은. 후련하면서도 애매한 마음을 쥐고 제대로 닫히지 못한 서랍까지 마저 눌러 닫는다.

처음으로 머릿속에 다락방을 만들었을 때를 떠올린다. 끝없이 이어지는 생각에 시달림으로부터 벗어나고자 하는 마음이 강한 날이었다. 당장 어쩌지 못하는 일을 종이 상자에 담아 구석에 놓아두는 상상을 하면 조금 나은 기분이 되곤 했다. 이제야 생각하는 거지만, 나의 옷장은 그 다락방 어느 한구석에 놓여 있을 것 같다. 아직도 투박하게 놓여 있는 상자들을 앞세우고서.

혼잡한 마음이 새벽녘 안개보다 짙어 물기 머금은 듯 무거워지면 지금 가장 원하는 계절을 떠올린다. 그때를 맞이하려면 내게 쏟아진 것들을 스스로 정리해야 함을 안다. 짧은 계절 동안 이어지는 발버둥은 그런 식으로 시작된다.

오랫동안 여닫은 옷장 서랍을 다시 만지작거린다. 각자가 고유한 계절로 존재하던 사람들을 떠올리며 그 안에 미완성된 계절들을 차곡차곡 정리해 간다. 칸칸이 정리된 당신들, 그리고 나.

차례

습기 제거하기

양말 짝 맞추기

철
지
난
옷
버
리
기

습기 제거하기

오랫동안 잠들어 있던 것들은 각자 지나온 시간의 습기를 머금고 있다. 그것은 눅눅함으로 남거나 특유의 냄새로 남아, 내가 이런 일들을 겪어 왔노라고 티를 낸다. 때로 그것은 어떤 외침으로 다가오기도 한다. 귀를 틀어막으면 당장의 외면은 가능하겠지만 나의 일부를 고스란히 썩히는 것밖엔 되지 않는다. 원하지 않았어도 모두 내 것임을 어쩌겠는가. 이름이 적히지 않았대도 나만큼은 너무나도 잘 알고 있는 일들이 나를 부를 때면 별 수 없어진다. 닥쳐온 일에 파묻히며 가까운 시일에 햇볕 드는 날이 있길 바라 본다. 눅눅함이 차오르는 날엔 하릴없이 흘려보내기도 하면서.

서랍
한 칸

마음도 마음대로 정리할 수 있다면

내 감정을 자세히 들여다보고 그걸 정리하는 것은 감
정의 서랍을 만드는 일이므로 생략할 수 없다. 모든
걸 질서 정연하게 정리하기란 힘이 들고 얼마 안 가
다시 흐트러지기도 하며 때론 제 마음대로 열려 나
를 골치 아프게도 하지만 모든 것이 그렇듯 어지러움
을 반복하다 보면 좀 더 속도가 붙는다. 마음이 낫는
일도 빨라지는 건 아니지만 어떤 것의 제자리를 찾아
두었단 것만으로도 안심이 된다. 나도 결국엔 제자리
를 찾을 거라는, 지금의 나도 시간이 지나면 서랍 한
칸에 자리 잡을 거라는 믿음. 그 하나를 붙잡는다.

의심

사실은 내가 도망치기만 하는 비겁한 사람은 아니었
을까. 이건 너무 무책임한 일이라는 원망을 들어야
했던 건 내가 아니었을까. 할 말이 많은 사람은 비단
나뿐만이 아니었을 텐데 그동안 착각하고 있던 건 아
닐까. 어디까지가 정당한 일이고 어디서부터 착각인
걸까.

마음도 마음대로 정리할 수 있다면

기억의 소리,
소리의 기억

그러고 보면 가장 듣기 편한 음악은 아무런 기억도 붙지 않은 음악일지도 모른다. 들을 때마다 되살아나는 기억과 감촉이 밧줄처럼 나를 옭아매지 않는 음악. 설사 떠오르는 것이 있대도 붙잡히지 않고 자유로울 수 있다면, 그 정도는 반갑게 여길 수 있을 것이다.

쳇바퀴

울면서 자서 울면서 일어났고, 나 없어도 모든 건 아무렇지도 않게 잘만 돌아간다는 사실을 오랜만에 깨달았으며, 천둥 치는 집엔 나 혼자였고, 혹시나 해서 전화했다며 괜찮냐는 아빠의 전화에 괜찮다는 거짓말을 하고 또 울었다.

날이라도 맑았다면 조금은 달랐을까 상상해 보지만 별다르지 않았을 거란 걸 나는 안다. 조금 겁이 날 정도로 짓궂은 날씨만 내 곁에 있는 듯한 날이었다. 내 자신도 주변을 돌고 있을 뿐, 내 옆을 지키진 못하고 있었다.

마음도 마음대로 정리할 수 있다면

노크도
없이

멍하니 있을 때, 새벽녘 배달된 우유가 현관문 안으로 들어오는 것처럼 머릿속에 툭 하고 생각이 들어온다. '나는 이제까지 아는 척만 잘하는 사람이었던 건 아닐까.' 제 할 일을 끝냈다는 듯 미련 없이 되돌아가는 발소리가 들리는 듯하면, 나는 견딜 수 없어진다. 살아온 시간 중 많은 부분이 와르르 소리를 낸다. 내가 가질 수 있는 건 몇 개나 되는지 세어 볼 엄두도 내지 못하고 고개를 파묻는다.

어떤 날의 나는
그저 밀린 빨랫감

어른이 들어갈 만한 구식 세탁기 안에서 마구 돌아가다가 탈수까지 끝마치고 뻗어진 것 같은 상태. 밤새 가만 놓아두면 저절로 마를까 싶어 누워 본다. 이런 날을 위해 준비된 제습기는 당연히 없다. 그리고 하필 비가 내린다. 내게 주어진 것은 누구에게나 공평한 속도로 흘러가는 시간뿐이다.

마음도 마음대로 정리할 수 있다면

오답보단
침묵

자살을 거꾸로 하면 살자가 된다고, 그딴 말 하지 마.
거꾸로 살면 살아지냐. 똑바로 살기도 힘든데. 앞으
로 걷는 게 힘들다는데 왜 뒤로 걸으라고 해.

자신
自信

신은 있을까 자문해 본 적이 있는데 그냥 단순히 말해서 내 인생이 나의 세상이면 내 세상에서의 신도 내 자신이 아닌가. 내 인생 속 홍수에서 노아의 방주를 띄워야 하는 때가 온다면 아마 예측할 수 있을 것이다. 그러지 못하더라도 결국 끝까지 남겨지는 건 내 자신 하나뿐. 그러니 나를 더욱 믿겠다는 뜬금없는 결론.

마음도 마음대로 정리할 수 있다면

무감각의
양면

생각을 비우기 위해 필요 이상으로 넘치는 만물에 대한 관심을 줄여 보기로 한 이후 왠지 무감각해진 기분인데, 이게 왜 나에게 상처가 되는 걸까. 나의 예민함이 상처를 만드는 것 같아 그것이 모난 부분이라면 없애고 싶었는데 방법이 틀렸는지도 모르겠다. 느끼며 깨닫던 것까지 사라져 버린 듯하니 말이다. 무관심이 꼭 편안함을 뜻하는 건 아니었음을, 타인에 대한 무감각이 스스로에 대한 무관심일 수도 있음을 알아간다.

어떤
로맨스

나도 꽤 괜찮은 사람일 거야. 괜찮음과 괜찮지 않음을 반복하며 쌓아 가는, 완벽함에 대한 열망과 미비함의 걸림돌 사이를 걷는 평범한 사람. 자기애는 평생의 로맨스라고 오스카 와일드는 말했어. 그렇다면 난 평생의 로맨티스트가 될래.

마음도 마음대로 정리할 수 있다면

줄다리기

외로웠을까. 혼자 섞이지 못한다고 생각했을까. 그런 궁금증을 바탕으로 한 연민의 덩어리들과 나를 죽게 했던 새벽의 모습이 함께 어우러지면 나는 도통 갈피를 잡을 수가 없다. 증오가 있는 그대로 존재하지 못하고 미안함이나 애틋함과 뒤섞이면 나를 잡아끌어 내리는 것 같기 때문에.

떼어 내기도 힘든 줄에 묶여 질질 끌려다니면 온몸이 사정없이 긁힐 뿐이다. 나는 내 감정이 정당하다는 걸 알면서도 모든 게 어려워졌고, 혼란스러움이 이어질수록 나는 더욱더 조용히 처절해졌다. 스스로를 가장 원망하게 되는 함정에 빠지지 않으려고 애를 쓰다 겨우 버텨 내면 기운이 다 빠졌다. 그쯤에서 차라리 잠에 드는 편이 나았다. 기어가듯 침대에 올라 몸을 묻는 것으로 질긴 시간을 종료하곤 했다.

습기 머금은
물음

외로울지 좋아할지, 나는 잘 모르겠다. 외로울 것 같기도 하고 좋아할 것 같기도 해서 하나의 결론으로 쉽게 모아지진 않는다. 아쉬움이라는 걸 갖고 있을까. 내 존재가 어느 정도로 아프게 느껴질까. 궁금하지만 물어볼 수 없는, 묻게 되더라도 울음이 터져 채 말을 끝까지 이을 수 없을 말들만 마음 가득 차올랐다.

무게 추는
어느 곳에

칭찬을 달갑게 받아들이는 것과 자존감 위탁은 아주 다른 일. 다디단 말이 들려오는 곳에 머리를 두느라 바빠지면 결국 어지러워지는 건 당연하기에 내 몸을 편히 누이는 데 집중한다. 무게 추를 알맞게 배분하는 법을 익힌 사람으로 남고 싶기에.

견딜 수
없는

내가 늘 힘든 것은 그것이었다. 모든 걸 없애 버리고 싶을 정도로 미운 것, 경멸스러운 것, 증오스러운 것. 그리고 또 다른 한편으론 당신의 안쓰러운 삶, 당신이 품고 있는 여리고 약한 마음 같은 것들. 대립되는 것들이 너무나도 확연히 존재하고 있어서, 어느 한쪽을 부정할 수가 없어서, 나는 힘들었다. 가장 어려웠다. 왜 풀 수 없는 문제가 내게 주어졌는지 이해할 수 없었고 하고 싶지도 않았다.

신은 견딜 수 있을 만큼의 고통만 준다는 말은 얼마나 허망한가. 신의 존재를 믿진 않으나 그 말을 위로 삼아 보려 했던 적은 있다. 그러나 단 한 번도 동의해 본 적은 없다. 눈만 뜨고 있으면 '견딜 수 있는 것'으로 여겨질 수 있나. 조금만 생각에 빠져들면 내 살을 파고드는 감정이 불거져 나오는 일은 늘 생생한 고통으로 존재하는 법이다.

마음도 마음대로 정리할 수 있다면

어떤
전시

넌 네 마음대로 살아.

난 내 마음대로 속상해할 테니까.

기왕이면 가끔 들러 내 슬픔을 구경하고 가.

보물찾기

어릴 때부터 보물찾기를 한다고 하면 나도 아주 좋은 걸 찾을 수 있으리란 식의 큰 기대를 하지 않았다. 분명 처음 몇 번은 찾아내겠노라 다짐도 했던 것 같은데 큰 만족을 얻지 못하자 처음부터 기대 않는 걸 택했던 게 아닌가 한다. 나름 구석구석 찾아 돌아다녔음에도 무언가를 찾아낸 기쁨이 담긴 환호성은 다른 곳에서 들려오기 일쑤였기에 어린 마음에 흥미가 떨어졌던 것이다.

하지만 어느 날 문득, 내가 찾는 건 발견하기 아주 어려운 곳에 있을 거라고 착각했던 게 아닐까 했다. 그러지 않았더라면, 좀 더 마음을 편하게 먹었더라면 무언가를 찾아낼 수 있었을 텐데. 적어도 그날의 분위기를 더 즐길 수 있었을 텐데.

그러자 내 현재를 둘러보게 됐다. 지금의 내 시야도 너무 구석지거나 다가가기 어려운 곳만을 향하고 있는 건 아닌가 하면서 말이다. 나도 모르게 놓치고 있는 기쁨이 있었을지도 모르겠다. 앞으로는 찾아내야만 한다는 강박보다는 찾을지도 모른다는 마음을 품을 수 있어야 할 텐데, 어떨까.

반가울 리
없는

현실이라는 건 내가 잠에서 깨어나기도 전에 침대 옆
에 앉아 있다. 꼿꼿하게 나를 기다리다 내가 눈을 뜨
면 비로소 기쁜 얼굴로 다가오며 내게 "일어났어? 날
맞이할 시간이야"라고 말한다. 가장 밀어내고픈 것이
가장 가까이에 있다는 사실이 하루의 시작이 된다.

Home,
Sweet home

이 많은 거리에, 이 많은 집들에, 내가 편히 쉴 곳 하
나 없네. 나를 위해 마련된 건 무엇일까. 제 시간을
찾은 듯한 불빛들 사이를 가로지르며 질문을 던진다.
그러나 행여 어떤 대답이라도 들릴까 겁이 나 발걸음
을 재촉한다. 갈 수 있는 곳이라도 있음에 감사해야
할까. 어디에도 가지 못하던 그때보단 훨씬 낫다는
이유로.

마음도 마음대로 정리할 수 있다면

자기
비하

초대받지 않은 손님인 자기 비하는, 나의 집을 마구 헤집고 걸어 다니는 훼방꾼이다. 당장 이곳에서 사라지란 말을 제대로 들은 적이 한 번도 없다. 되레 옆에 바싹 달라붙어 끊임없이 나를 속이려 드는 협잡꾼이다. 빌린 것도 없는데 말라 죽는 한이 있어도 더 많은 걸 내놓으라 요구하는 이유 없는 빚쟁이다. 한 번 마주하면 최대한 끈질긴 방식으로 나를 망치려 든다.

짊어진
책장

나이를 책으로 따지자면, 그러니까 1년을 한 권이라고 치면 나는 지금 내 나이만큼의 책들을 갖고 있는 상태인데 과연 모두가 좋은 책일까. 나의 책장은 어떤 모습을 하고 있을까.

보기 좋은 것들만 정갈하게 꽂히지 않았음을 안다. 보기엔 괜찮지만 읽어 보면 별거 없는 것도 있겠고, 그 반대인 것도 있을 것이다. 다른 사람에게 모든 페이지를 펼쳐 보여 줄 것은 아니나 내 마음에 들지 않는단 이유 하나로 일부를 처분하는 일도 불가능하다.

원하지 않아도 나의 책장은 시간에 정비례하며 채워
질 것이다. 그 사실이 좋지도 싫지도 않다. 있지도 않
은 손금을 칼로 그어 만들 정도의 용기가 없었던 시
간이 더 많았지만 내가 아니었다고 부정할 수도 없
다. 제멋대로 바래고 낡아 갈 것들임을 인정할 수밖
에 없다.

내 등에 짊어진 책장을 정면으로 마주보는 건 불가능
하겠지만 이 무게는 온전히 홀로 책임져야 하는 것임
을 느끼다 앞으로 채워질 것들을 그려 본다. 되도록
이면 내가 가장 좋아하는 색에 가까웠음 좋겠단 바람
과 함께.

무의미한 곳에
빠지기

소외감을 내 자신이 만들어낼 때도 있다. 기분이 좋지 않을 때 간혹 '저 사람들은 뭐가 그리 즐거운 걸까' 하면서 스스로 만든 구덩이에 빠져 버린다. 다른 누군가가 보기엔 나도 그렇게 느껴지는 사람일 수 있는데 그건 전혀 생각하지 못한다. 나는 내 감정에만 빠져 소외감이란 삽을 들고 발 디딘 곳을 끝없이 파고든다.

마음도 마음대로 정리할 수 있다면

곰팡이

어떤 날은 내 자신이 곰팡이같이 느껴져 견딜 수가 없어. 구석 모서리에 눌어붙어 조금씩 퍼져나가는 것 같아. 그게 점점 커지고 커져서 내가 된 건지, 아니면 날 시작으로 해서 더욱 박차를 가하며 커지기만 하고 있는 건지 아무것도 몰라. 제습기조차 놓이지 않은 곳에서 웅크려. 사실 무언가를, 누군가를 갉아먹는 건 내가 아니었을까, 내가 아니었을까, 내가 아니었을까.

선택하며
잃는 일

모르겠다고 말하지만, 사실 지금 내가 원하는 게 뭔지 알아. 머릿속에 떠다니는 게 많아도 걷어 내고 나면 남는 건 몇 개 되지 않거든. 다만 하나라도 선택할라치면 계속 주저하게 돼. 내가 감당하게 될 감정들을 미루고 싶어서, 잃게 되는 것들이 가진 일부분이 조금은 아쉬워서.
선택이란 건 잃으면서 얻는 거라고들 하는데, 난 왜 잃는 것들이 더 눈에 들어오는지 모를 일이야. 우둔함이 눈앞을 가려 선택지마저 좁아지는 것처럼 느껴. 아무것도 잃지 못하겠어서 아무것도 읽지 못해.

마음도 마음대로 정리할 수 있다면

'가시나무'도
되지 못한

"내 속엔 내가 너무도 많아서 당신의 쉴 곳이 없다"°는
데, 사실 내가 쉴 곳도 없다. 며칠 밤을 샌 사람처럼
뻑뻑한 눈을 비비며 헤매기를 일쑤다. 여기가 어딘
지, 뭐 이런 곳이 다 있는지 모르겠단 표정의 당신을
위한 환영 인사는 안타깝게도 준비해 두지 못했다.
알아서 네 자리를 찾아 줘. 그런 말도 없이 등을 돌려
나는 내 발을 겨우 뻗는다.

° 시인과 촌장, 〈가시나무〉, 1988

감사
監査

좋아하는 것들로만 구성된 세상에 산다면 얼마나 좋을까 하는 상상은 누구나 많이 해보았을 것이다. 그렇게 되면 완전한 행복을 찾을 수 있을까. 그곳에서도 상대적으로 덜 좋은 것을 기어코 찾아내 결국에는 싫어하는 것으로 규정해 버리지 않을까. 모든 건 상대적이고, 그걸 피할 순 없으니까. 싫어하는 게 잔뜩 존재하는 현재에서 언제고 끌어안을 수 있는 것들이 존재하는 사실에 고마워하는 게 지금으로선 최선이겠구나 싶다.

마음도 마음대로 정리할 수 있다면

결핍마저
성실할 때

내게 결핍된 부분에 대한 이야기를 듣고 있다는 사실을 새삼스레 인지하면 괴로워진다. 그것은 누구의 잘못 때문에 생긴 괴로움일 수도 있고, 모두가 성실히 각자의 몫만큼 잘못했기에 생긴 괴로움일 수도 있다. 하지만 그런 일들이 한꺼번에 혼재해 또렷이 판단할 수 없게 되면 나는 가시방석에 올라앉는다. 견딜 수 없는 기분을 드러낼 수도 없고, 아무렇지 않아 할 수도 없다. 먼 곳을 본다. 내가 한 번도 보지 못했던 곳을.

비-행
非行

태어나서부터 지금까지 평온한 집, 여유 있는 환경에
서 자라온 사람 특유의 심성과 내 것의 차이를 크게
느꼈을 때 벽에 부딪힌 느낌을 받았더랬다. '너 참 예
쁘게 자랐구나'라고 생각하면서 벽 너머를 바라보는
기분. 시기와 질투를 불러올 일도 없이 그저 경치를
구경하듯 바라봤다. 총총 박힌 별들이 눈에 담긴다.
우주선을 가져 본 적이 딱히 없는 내가 도달하긴 어
려울 곳.

마음도 마음대로 정리할 수 있다면

약속된 흐름과
느린 보속

시간은 어떻게든 흐르겠지요. 멈춰 있는 건 늘 나쁜 이겠지요. 시곗바늘이 계속해서 돌고 돌아 내 어깨를 밀치며 지나가는 일이 몇 번이나 반복된 후에야 순간 비틀거리며 한 발을 내딛겠지요. 그렇게 못 이긴 척 시간을 따라가다 보면 언젠가는. 언젠가는……

어른

어린 시절엔 지금쯤의 내 모습을 떠올리면 뭐가 됐든 되어 있을 거라 상상했었다. 어린 시선으론, 가만히 있어도 나이를 먹는 것처럼 다른 것도 알아서 따라오겠거니 했던 것 같다.

하지만 현재를 바라보면 어떠한가. 어릴 적 느꼈던 '어른'이란 단어에 걸맞은 사람이 되어 있나. 어린 내 앞에 서게 된다면 얼마큼 당당할 수 있을까. 가끔은 정신적으로도 아직 무엇도 되지 못했다는 사실이 슬퍼 홀로 꺼이꺼이 흘러넘친다.

시작도
끝도 없는

시작이 어디인지 모를 이 슬픔을 내가 감당할 수 없어. 슬픔이 슬픔을 불러와 나를 적시네. 모든 게 젖다 못해 푹 담갔다 빼내어진 상태 같아 더 젖어 갈 여유도 없다고 생각했는데, 나는 생각보다 튼튼했던가. 끊임없이 밀려오는데도 흘러가지도, 찢어지지도 않는다. 그저 감당만 못하고 있을 뿐.

내면의
수면

마음도 마음대로 정리할 수 있다면

자연스럽게 커피를 한 모금 마시다 문득 컵 안에 띠가 한 줄씩 남아 있는 걸 발견했다. 느리게 낮아지던 작은 수면이 새긴 흔적이리라. 어쩐지 눈을 뗄 수 없어 한동안 멍하니 바라보고 있었다. 내 기분이 천천히 가라앉을 때도 속에 띠 한 줄씩을 그렸을까 상상해 본다.

절벽

아무렇지 않았다가도 해일이 몰아치는 절벽 위에 혼
자 서 있는 것처럼 감정이 폭발할 때가 있다. 잔잔해
지기를 기다리는 일도 두렵고, 기다리는 시간도 느리
기만 하다.

이렇게 평생을 절벽 위에 서 있는 심정으로 살아가야
하는 건 아닐까 하는 생각이 파도보다 더 크게 나를
집어삼킨다. 내 발끝은 절벽의 끝과 맞닿아 있고, 아
래에선 하얗게 부서지는 파도가 절벽을 기어오르려
애쓰고 있다.

등 뒤에서 불어오는 바람마저 칼날 같은 날, 나는 보
이지 않은 상처를 드러내며 알 수 없는 쓰라림에 절
여진다.

마음도 마음대로 정리할 수 있다면

밤하늘은
밤바다

밤하늘을 바라본 채 길을 걷다 보면 순간 오묘한 기분이 든다. 짙은 밤바다를 보고 있는 것도 같아서다. 그 기분에 빠지면 가끔은 지금 꿈속이 아닐까 상상한다. 그렇담 날 좋아해 주는 사람들도 꿈속의 인물일 뿐일 텐데. 서서히 멍해지고 몸이 나른하게 붕 뜬다.

요즘 들어 어딘가가 어긋난 기분을 느끼고 있었다. 깨진 유리 조각이 맞부딪히는 소리를 계속 듣고 있는 것처럼. 혹여 누군가 내 곁을 떠나진 않을까 불안하기도 했더랬다. 기우이길 바라는 나는 얼른 시선을 거둔다.

'꿈도 아니고, 아무것도 아니야. 벌어진 일은 없어. 내 머릿속에만 있어.'

그렇게 정신을 차리며 집으로 내달린다.

매일이
그런 겨울

열심히 눈사람을 만든 다음 내게 가져다주며 "예쁜 눈사람이야!"라고 하는데, 나는 그걸 그냥 고맙게 받지 못하고 "눈, 코, 입을 만들어 줄게" 하며 만지작대다 결국 다 부서진 얼굴을 바라보고 있다. 상대방은 괜찮다 하지만 나는 집에 가서도 오랫동안 후회한다. 이게 요즘의 나다.

마음도 마음대로 정리할 수 있다면

픽이나

처음은 혹독해야 하는 법이라도 있나. 처음이라면 가만히 놔둬도 혹독하다. 굳이 무언가를 더하고 더해 과도하게 괴로워져야 할 필요가 있을까. 성장은 본래 고통을 수반한다지만, 의도적으로 견디기 힘들도록 만드는 것은 다른 이야기가 된다.

하고 싶은 이야기를 들어주고 이해해 줄 것도 아니면서, 비명 한 번 지를라치면 어처구니없는 말로 입막음이나 할 거면서, '위해 주는 척'은 다 가져가려는 사람들에게 우리는 너무 많이 지쳤다. 얼어붙은 호수 위에 처음 올라가 긴장하는 이 옆에서 점프하는 사람과 함께하느니 아무도 없는 편이 낫지 않을까. 믿을 수 있을 때까지 손잡아 주는 사람이 될 수 없다면 스스로 살펴볼 수 있도록 시간을 주는 일이 더욱 의미 깊을 것이다.

허
虛

내가 쓸데없이 뭘 자꾸 먹으려고 하면 엄마는 무슨 일이 있느냐고, 속이 허하냐고 묻고는 "사랑받고 싶어서 그래"라는 말을 덧붙이기도 했다. 난 그 말을 웃어넘길 때가 더 많았지만, 채워지지 않는 무언가가 있다는 것은 바람이 드나드는 일 같은 건가 보다 하며 조용히 이해했다.

Stop
here

어떤 감정에 익숙해지는 게 겁이 나. 딛고 선 곳의 깊이가 깊어지다 내 키를 훌쩍 넘어서면 난 그저 위를 바라보는 것 말곤 무엇도 할 수 없어질까 봐. 내가 이끌지 못하고 흐름 따라 흘러가 처음 가보는 곳에 도착할까 봐. 나를 끌어내리는 곳에서 마치 모든 걸 처음 시작하듯 걷기보단 이 자리를 지키고 싶어.

All
or nothing

모든 것을 용서할 수도 있을 것만 같은 밤.

모든 것에 원망이 차오르는 밤.

결국 용서하지 못하고 용서받지 못하는 밤.

원망하지 못하고 스스로에게 원망 받는 밤.

마음도 마음대로 정리할 수 있다면

의미 없는
공놀이

벽에 공을 아무리 던져도 빠져나갈 구멍은커녕 상처
하나 낼 수 없었지. 문이 있었지만 노크할 용기도 없
었던 것 같아. 이따금씩 들려오는 소리에 혼자 생각
하며 기대했다 떨어져 나갔다 공 던지기를 반복했던
그때. 평온함은 벽 너머에, 여전히 평온하게 존재한
다. 옅게 새어 나오는 불빛만을 바라보며 붙지 못하
고 튕겨지는 공에 이입되는 나.

이로운
결말

기억도 영상으로 남는 것과 장면으로 남는 것이 따로 존재한다. 그 눈빛은 내게 계획 없이 찍힌 사진처럼 남았더랬다. 어디 뒀는지는 모르지만 다른 것을 찾으려 뒤적거리다 보면 톡 떨어지는 물건처럼 갑자기 떠오르는 그런 기억으로 말이다.

처음부터 그것이 꽤 오랫동안 나를 괴롭힐 거란 걸 알 수 있었고, 그 예상이 크게 틀리진 않았다. 화들짝 놀라 피하기 일쑤였으니까. 매번 조금씩 짓눌렸고 정기적으로 한구석이 터져나갔다. 다시 메꾸는 것도 당연히 내 몫이었다.

하지만 지금은 내가 어느 정도의 시간 동안 괴로워했는가 따위는 기억나지도 않는다. 우연히 떠올라도 뭉개지지 않고 똑바로 마주할 수도 있게 됐다. 너무나도 단단히 나를 옭아맸던 눈빛이기에 이런 때가 오긴 할까 싶었는데, 수많은 의심들은 파쇄되었다.

바람

계절이 바뀌고 나의 옷이 바뀌어도 바람이 분다는 사
실 하나만큼은 변하지 않는다. 바람의 온도는 바뀌었
을지언정 불던 바람이 불지 않거나 불지 않던 바람이
불기 시작하는 것은 아니다. 늘 바람에 맞서고 있다.
매일 바람이 분다.

아카시아

아빠는 가끔 술을 마시고 시적인 표현을 한다. "아빠, 술 취했어, 미안해. 그래도 아빠, 여름 아카시아 같은 사람이야. 아직 향기로와." 그때가 아카시아 피는 계절이었던가. 왜 하필 아카시아였는지 잘 모르지만, 그 말은 어쩐지 아직도 기억에 남아 가끔 나를 찾아온다.

오랜만에 아빠, 엄마와 함께하던 밤에도 골목엔 아카시아 향이 짙었다. 아마도 여름쯤이었는데, 밤공기는 적당히 선선했다. 흰색 꽃이 흐드러지는 밤, 혼자만의 이유로 복잡했던 내 마음은 그리 향기롭지 못했지만 그날의 바람과 향, 밀도는 아직도 기억이 난다.

아카시아. 그 꽃을 마주할 때마다 떠오르는 일들. 단조롭지만 또 그렇기 때문에 단조롭지 못한 일들을 한편에 묻고 산다. 모든 꽃이 지고 많은 꽃잎이 그 위를 덮어도 사라지지 않는, 대체로 아무렇지 않다가도 가끔은 사무치게 되는 감촉들.

멍청한
건

난 평생 동안 이렇게 멍청하게 살 것 같아. 다른 게 무슨 상관이냐고 여기면서도 곧잘 남들과 다를 것 없는 듯, 비슷비슷하게 가는 듯 행동하면서 많은 에너지를 흘려. 때론 그러다가 텅텅 비어서 꼼짝도 못하기 일쑤야. 다른 사람들도 이런 걸까 생각하면 여러 대답이 어디선가 돌아와. "모르지" 혹은 "아마 그럴 걸" 같은 것들 말이야. 그럼 난 그냥 '그렇구나, 모두가 별수 없어 하는구나' 하며 일상의 한 부분을 채우지.

우주의
우주

내 머릿속이 우주라면 하나의 기억은 하나의 행성일까. 나는 그중 가장 편한 기억을 찾아 눌러앉는다. 허나 하루에도 수십 번 씩 우주 속의 우주가 폭파한다. 별똥별이 떨어지는 걸 목격할 때면 예쁜 것은 원래 순간에 존재하는지, 순간에 존재하기 때문에 예쁜 것인지 혼란스러워 한다. 하지만 무엇이 됐든 그것도 내 기억의 무작위적인 추락일 뿐. 나는 작별 인사를 전하기도 전 흩어지는 파편을 바라본다.

마음도 마음대로 정리할 수 있다면

그저,
'그런 사람'

난 그런 사람이고 싶었고 그런 사람이려면 어떻게 해
야 되는지도 모르면서 그런 식으로 노력도 해본 사
람이었으나 지금 내가 그런지 아닌지 모르겠는, 그저
그런 사람이 되었다. 끝내, 그런 인간이어서 그런 말
을 하는 게 아니라 그런 인간이 되고 싶어서 그런 인
간이 할 법한 말을 하는 사람으로 남았다.

외로움의
허기

외로운 사람들이었다. 외롭기만 한 사람들이었다. 외로움 때문에 아무것도 할 줄 모르는 그런 사람들이었다. 아니, 할 줄은 알았지만 결국 외로움에 잡아먹히고 마는 사람들이었다. 같은 공간에 있어도 제 발 달린 외로움들은 서로 알은체도 않았다. 그렇게 부피를 늘려가는 집에서 모두가 웅크리고 있었다.

마음도 마음대로 정리할 수 있다면

얕은 소음이 주는
안심

텔레비전을 보지 않아 지금은 집에 들여 놓지 않았지만, 옛날엔 혼자 있으면 늘 텔레비전을 틀어 놓는 버릇이 있었다. 어렴풋하게 들릴 정도의 음량만 고집했던 건 어쩐지 무섭기도 하고 허전하기도 했기 때문이다. 아주아주 무서운 날에는 꼭 생방송으로 골라 틀어 놓기도 했다. 지구에 나 혼자 있는 게 아니라는 요상한 안심을 하기 위해서.

그래도
결국 나의 것

다른 모든 사람들도 이렇게 괴로운지, 이 정도 일에 죽고 싶어 하기도 하는지, 그걸 어떻게 다 버티고 있는지 궁금해져서 한 사람씩 붙잡고 물어보고 싶은 날이 있다.

"죽고 싶은데 어떻게 살아 있어요? 아, 저는 사실 겁나서 죽지 못했지만 머리는 죽어 있어요. 대체 이걸 어떻게 견디는 거예요?" 같은 이야길 정신없이 하다가 "사는 것도, 죽는 것도 누가 대신 해줬음 좋겠어요" 하지 않을까.

"시간이 해결해 준다고 해도, 그때가 된다고 해도 더이상 무언가를 위해 노력하고 싶지 않을 것 같아요"라는 말을 하게 된다면 아마 약간의 용기를 더 필요로 할 것 같다. 그리고 한동안 홀로 남겨지기를 스스로 선택할 수도 있을 것이다.

마음도 마음대로 정리할 수 있다면

그러지
않아도

너 고생 많이 했잖아. 그렇지? 나름대로 할 수 있는
건 다 해봤잖아. 맞지? 난 이제 네가 너를 돌봤음 좋
겠어. 누군가를 미워하는 게 힘든 일이라고 해서 그
것 대신 널 미워하는 일을 선택하지 않았음 좋겠다
고. 굳이 용서할 필요도, 용서를 구할 필요도 없어.
하고 싶지 않고 하지 못하겠으면 하지 말아. 그것도
하나의 선택임을 알아줘. 등을 떠미는 것들은 이 세
상에 너무 많아. 너까지 스스로에게 그러지 않아도
괜찮아. 아무 일도 일어나지 않아. 정말이야. 아무 일
도 일어나지 않아.

공백

썼다 지웠던 말들이 쓴 말들보다 더 많다.

공백을 적어 내려간다.

모조리 퍼붓듯 정신없이 쏟아낸다.

아무것도 없다.

마음도 마음대로 정리할 수 있다면

허용된
영역

이 순간이 영원했으면 좋겠어.

매일이 오늘만 같았음 좋겠어.

그렇게 생각했던 각각의 순간들은 자신들의 이름을
버리고 과거라는 하나의 영역으로만 남아 버렸다. 가
끔씩 그곳에서 유영할 때면 부드러운 기분에 취하곤
한다. 한 번씩 부딪히는 말랑한 걸림돌들. 그것들이
그곳에 있음을 아는 건 오로지 나 하나뿐.

이대로도
어떻게든

'그냥 이대로도 괜찮지 않나'라는 생각이나 하면서 살고 싶다. 언젠가 다가올 미래의 뒷모습이라도 미리 엿보려 애쓰거나 뒤따라오는 과거에 쫓기지 않고 살 수 있다면. 원하지 않아도 '오늘'은 겹겹이 쌓인다는 사실. 그 사이에서 눈치껏 끼어들었다 말았다 해야 하고, 때론 전부 넘어져 다시 정리해야 할 일도 생기는 것을 줄일 수 있다면.

세상의
끝

언제까지고 "왜 그래, 속상했어?"라고 물어봐 주는 사람은 없다. 세상 끝까지 쫓아와 날 붙잡아 주는 사람은 없다. 모든 손을 뿌리치고 아주 멀리까지 갔다면 그곳의 적막을 홀로 감당할 줄 알아야 하는 것이다. 잠깐의 고독이 될지, 오랫동안 이어지는 외로움으로 굳어 버릴지는 스스로 결정해야 한다.

때때로
찾아오는 날

오늘 같은 날엔 왠지 "넌 나한테 엄청 의미 있는 사람
이야. 왜냐하면……" 같은 말로 시작하는 것들을 듣
고 싶다. 스스로의 의미를 끝내 지켜내지 못한 날이
어서 그런가. 나를 잘 아는 사람에게 하나의 역할을
부탁하고 싶다. 네가 갖고 있는 나를 알려 달라고. 잠
시만 빌려 달라고. 잃어버린 것을 되찾으려면 도움이
필요하다고.

마음도 마음대로 정리할 수 있다면

늪

침대가 늪이었으면 좋겠다는 생각을 많이 했다. 자는
동안 나도 모르게 안으로 가라앉아 조용히 사라졌으
면 좋겠다고. 그럼 마지막의 문턱에서 주어질 내 몫
의 괴로움이나 공포도 없을 테고, 다음 날과 또 그 다
음으로 계속해서 이어지는 날들이 가져올 것도 외면
할 수 있을 테니까. 진흙은 둔탁하게 나를 덮으며 자
칫 새어나올 생명감마저 감추겠지. 제대로 깨어 있을
수 없다면 아주 깊은 잠을 자고 싶었다.

흔들리는
나

얼마 전, 예전에 만들었던 블로그에서 어떤 글을 찾다가 일기장에 '영혼이 목매달고 있는 기분'이라고 썼던 걸 발견했다. 내 손끝을 스쳐 갔음에도 불구하고 기억도 나지 않는 표현과 마주칠 때가 있다. 오늘도 그랬다. 난 그 말이 마음에 들어 한동안 머금고 있었고, 지금도 별반 다를 건 없다고 생각했다.

마음도 마음대로 정리할 수 있다면

일시정지

다른 사람들이 어른에 가까워지는 동안 나는 하나도 자라지 못한 것 같은 느낌. 언제부터 일시정지였을까. 여태 제자리라면 어디서부터지. 개개인의 속도는 다른 법이라고, 모두가 똑같이 갈 순 없는 거라 생각하고 배우고 듣고 본 모든 것들이 무색하게 느껴진다. 오늘은 내 방이 나의 쥐구멍이다. 빛 하나 없는 곳에 숨은 마음으로, 한동안 아무도 나를 몰랐음 좋겠다고 바라본다. 힘겹게 재생 버튼을 찾는다.

부정하며
나아가기

어른이 된다는 건 더 많은 것들을 알아가는 거라고 생각했었지만 그건 어렴풋하게 내린 정의였을 뿐이었다. 요즘엔 생각이 좀 바뀌어서 '자신이 알고 있던 것과 다르다는 것을 알았거나 지적 받았을 때 그걸 얼마나 수용하려고 하는가'를 기준 중 하나로 삼고 있다.
사람이 모든 것을 받아들일 순 없고 개인마다 절대 양보 못 하는 부분들이 있다. 본인이 옳다고 여겨 온 것들은 오랜 시간이 지났을수록 부정하기 힘들어진다.
사안에 따라 인생 전체를 부정하는 기분이 들기도 하므로. 그렇기에 상대가 누군가와는 상관없이 이야길 들어 보고 내가 틀린 걸지도 모른다 생각해 보고 받아들이려 해보는 유연성을 갖는 건 힘든 일이다.

마음도 마음대로 정리할 수 있다면

자신의 시간만을 믿지 않고 다른 이가 지나온 시간과 그 사이의 과정들도 받아들여 보며 다소 어려워도 이해해 보려 하기. 그게 어른으로 향하는 길이 아닐까. 이렇게 생각하니 어른이 된다는 것에 대한 자신이 더 없어지는 것 같지만, 어떤 태도로 직면하는가는 중요한 지점일 거란 생각이 들어 필요하다면 익숙한 것이라도 부정하고 버리는 연습도 해나가 보려 한다. 이제까지 함께한 것들을 모두 버리겠단 뜻은 아니다. 좀 더 분명히 지켜 나가고 싶은 것들이 존재하기 때문이라 말하고 싶다.

'좋게 좋게'를
좋아하진 않아

'좋게 생각하기'는 겪은 일과 내 감정이 어느 정도 분리되고 나서야 가능한 일이다. 무턱대고 좋게 생각하려 하면서 감정을 누르고 또 누르는 게 아니라, 나와 그 일이 안전거리를 갖고 나서야 좀 더 깔끔하게 정리되는 거랄까.

당장 모든 게 엉망진창 같은데 어떻게든 좋게 생각하며 억지로 감정을 누그러뜨리려는 건 스스로를 마모시키는 것처럼 느껴진다. 게다가 꼭 한 방향으로 결론 내려야 한다는 의무감도 없기에, 나는 가장 일리 있어 보이는 한 가지를 선택한다.

거미줄은
무거운 이불처럼

어떤 상황. 그 상황 속의 모든 것들. 그 모든 것들과
전부 연결된 내 자신. 머리에서 이게 맞다고 생각하
는 건 저 건너편에 있는데, 그곳까지 가는 길엔 거미
줄처럼 얽힌 감정들이 셀 수 없이 걸려 있다. 여기저
기 엉겨 붙는 것들을 제거하는 수고로움에도 지쳐 나
가떨어지는 날.

반복의
반복

알 수 없는 사건이 나를 직접 찾아오기 전, 항상 있었던 상황들이 불현듯 떠오른다. 그때와 지금이 너무나도 흡사하게 느껴지면 이 일의 결말도 비슷할지 모른단 생각에 잠긴다. 마음에 걸리는 모든 것들이 혹시 내게 보내진 신호인가. 결국 그리 될 거라는 증거인가. 이것은 기우일까, 예상일까. 현재로선 알 수 있는 게 없으므로 나는 얌전히 시달린다.

시간의
속도

시간이 지나면 해결될 일이라고 해도 일단 나는 지금, 여기. 어느 때보나 느리게 느껴지는 시간의 속도가, 겨우 딛고 서 있는 이 장소가 뼛속까지 파고드는 통증으로 다가올 때면 눈앞이 아찔하다.

그럴 때면 애써 시간의 공평함을 떠올린다. 날 위해 빠르게 달려 주진 않지만 누구에게나 공평하게 흘러가는 꿋꿋함과 누구도 막아낼 수 없는 흐름이 주는 하나의 약속. 내가 무엇보다 기다리는 '괜찮아진 나'를 만나게 되리라는 확신의 만듦새가 아직은 조악해도 조심히 기대어 본다.

지금에
와선

그 당시엔 그럴 만한 일이었다 하더라도 지금 생각
해 보면 그때 왜 그랬나 싶은 일들이 수두룩하다. 걱
정이 너무 많았던 것 같다. 나마저도 나를 버릴까 봐.
그게 가장 두려웠는지도 모른다. 쉽게 선택할 수 있
는 일인 만큼 마지막의 마지막까지도 참아 내야 할
일이니까.

마음도 마음대로 정리할 수 있다면

나눌 수
없는

하루하루 겨우 넘기다 보면

또 살짝 숨통이 트이는 때가 와.

그리고 다시 조여드는 내 목.

이게 전부 내 몫.

남겨 두지 못할
조각

기분 좋고 포근한 날마다 그걸 조금 떼어 저장해 뒀다가 시궁창에 버려진 쥐새끼 같은 기분이 드는 날 한 번에 꺼낼 수 있음 좋겠다. 그렇다면 허기진 배를 부여잡기보단 간만에 식성 좋게 모든 걸 먹어 치울 수 있을 텐데.

마음도 마음대로 정리할 수 있다면

비례

'인간이 서른 정도까지만 살면 참 좋을 텐데'라는 생각도 많이 했다. 그럼 내가 더 성숙해지지 못해도 "시간이 부족하니 어쩔 수 없었어" 같은 얼빠진 소리를 유언으로 남길 수 있었을 것이다.

사람의 나이와 성숙함은 정비례하지 않기에 살아온 시간 하나로 모든 걸 판단할 순 없지만, 적어도 '왜 저 사람은 이제까지 저런 것도 잘못된 줄 몰랐는가' 하는 의문을 품게 하는 사람이고 싶진 않다.

나는 어떤 의문을 품게 하는 사람일까. 나는 나의 미숙함을 줄이고 있나, 감추고 있나.

음소거된
메아리

힘들고, 어렵고, 전혀 안 괜찮고, 무섭기도 하지만 그
말들은 모두 묵음이 되어 안에서만 메아리친다. 입
술을 비집고 나오는 말들은 '괜찮아요' 같은 것들뿐이
다. 누구나 그럴 테니까 하는 것 반, 굳이 말해 뭐하나
싶은 것 반. 공유한다 해서 무엇이 달라지나. 주어진
현실은 굳건하다.

……가벼운 말들이 떠다닌다.

마음도 마음대로 정리할 수 있다면

가장

불안에 휩싸여 불 꺼진 방의 책상 앞에 혼자 앉아 있을 때 가장 외롭다. 등 뒤에 있는 침대로 다가가는 거리는 어느 곳보다 멀고도 멀다. 간신히 누워 지쳐 잠들기 전까지의 시간이 가장 힘들다. 이제야 진정됐나 싶어질 쯤 누군가에게 안겨 있고 싶다는 생각이 들 때 가장 울고 싶다.

모두가
막다른 길에서

각자 다른 방식으로 열심이었을 뿐이다. 서로 말을
하지 않아서 방식이 달랐을 뿐이었다는 걸 알지 못했
던 것이다. 스스로의 의미를 좇으며 이루어진 선택
과 그로 인해 만들어진 결과들이 한데 모이지 못하고
전부 엇나가 버린 것을 한 사람만의 잘못으로 정의할
수 있을까.
폭탄 돌리기를 하다못해 모두 직접 폭탄이 되어 터져
버리는 상황에서도 수많은 도화선들이 재생산된다.
아름답지 못한 불꽃놀이. 소음이 계속된다.

마음도 마음대로 정리할 수 있다면

환원

엉엉 하고 울면 누군가 와주지 않나 기대하게 돼요. 아무도 없는 시간, 나는 괜스레 서러워지니까 숨을 죽이고 생각하는 거야. 내가 숨겼기 때문에 아무도 모르는 거라고. 그건 당연한 일이라고. 그러니 나의 슬픔을 괜한 원망으로 바꿔 아무렇게나 흩뿌리는 일은 절대 하지 말자고.

없는
얼룩

내 눈가를 가장 많이 스친 것은 나의 옷소매임을 아는 건 나뿐일 것입니다. 연한 살결을 가로지르며 지나간 울음이 금세 사라질 흔적들을 소매에 남겼었단 것 또한 나만이 알고 있는 사실입니다. 그러나 전부 말라 버렸습니다. 때문에 누구도 알지 못합니다. 얼룩 하나 없습니다. 겉으로 보기엔, 일단은 그렇습니다.

낡은
필라멘트

내가 너무 흐릿해지면 나도 나를 못 찾아. 다 된 전구
도 스스로의 자리를 새것으로 갈아 끼우진 못하잖아.
남은 거라곤 타인이 자신의 상태를 알아봐 주길 바라
는 일뿐. 그건 싫잖아. 그렇지?

죽지 못해
삽니다

인생의 대단한 의미 따위 못 찾아도 좋다. 안부 인사에 농담 던지듯 '죽지 못해 삽니다'라고 답했던 게 정말 살아 있는 이유 단 하나여도 상관없지 않을까 싶어진다. 아무렴 어때, 죽지 못해 살아 있는 것치곤 많은 일들을 견뎌 냈는데. 이 정도면 선방했다. 그렇게 스스로의 어깨를 툭툭 쳐보다가 헛웃음을 짓는다. 참, 별꼴로 애쓰고 있다 싶어서.

마음도 마음대로 정리할 수 있다면

이렇게,
저렇게

잘못 살았다고 느낄 때가 훨씬 많아. 그래서 후회가 밀려올 때마다 '이렇게'를 묶음으로 삼키고 살기 싫다고만 말하지. (이렇게) 살려고 했던 게 아닌데 여기까지 온 거야. (이렇게) 살고 싶지 않았는데 어쩌다 보니 (이렇게) 살고 있어. 전부 말해 버리는 것이 더 겁나는 사람처럼 괄호의 수를 늘려 간다.

획
긋기

어떤 일에 익숙해지기 전까지, 나는 이응 하나조차 그리지 못하는 사람처럼 굴기 일쑤다. 제각각으로 찌 그러진 동그라미들만 만들어 내다 조금 할 만해지면 그제야 직선으로 가득한 다음 획들을 어떻게든 긋기 시작한다. 그렇게 '익숙'이란 두 글자를 겨우 쓴다.

마음도 마음대로 정리할 수 있다면

불안

어떤 불안은 나를 잡고 뒤흔들기 바쁜 반면 또 어떤 불안은 숨죽이고 있는 채로 모든 희망을 집어삼킨다. 어느 쪽이든 내 눈을 가리고, 발을 걸고, 잘못된 길을 알려 주기까지 하면서 내가 혼자 남기만을 바란다는 점은 같다. 근성이 좋아 치고 나올 타이밍이 오기까지 오랜 시간이 걸리더라도 잠자코 기다린다는 것까지. 그들은 그림자 없이 다가와 나를 그들의 그림자로 만든다.

칼날

닿을 수 없는 말은 원래 길을 잃는다. 그러다 얼어붙어선 날카롭게 내 속을 베고 다닌다. 쓸수록 무뎌지는 칼날과는 다르게 그 말들은 갈수록 많은 걸 벨 수 있게 된다. 하지만 그 어느 때에도 날이 나를 향하는 것만큼은 잊지 않는다.

마음도 마음대로 정리할 수 있다면

반복되는
실패

귀를 막으려는 심산으로 음악을 들을 때 제일 싫은
건, 다음 음악으로 넘어가는 그 몇 초의 공백 동안 바
깥에서 들려오는 말싸움 소리. 비현실로의 도망은 흐
지부지되고, 나는 끊임없이 현실의 테두리 부근에서
만 맴돈다. 밤이 길다. 하필 겨울이구나. 모든 게 멀
다. 아침마저도.

선택에는
그림자가 있어서

맘 편하게 행복하고자 하는데, 늘 거기엔 기회비용과 죄책감이 따른다. 하지만 뒤에서 들려올 발소리를 예상하는 데만 빠지면 어떤 선택도 불가능해지므로 나는 나의 일을 한다. 무엇을 하는 게 가장 좋을지는 몰라서 무엇이든 해본다.

탓

차라리 모르고 살았다면 더더욱 좋았을 사실들을 너무나도 상세히 알아 버린 여파. 나는 이 끔찍한 기억을 죽기 전까지 떠안고 가겠지. 시간에 기대어 흐릿해지기를 바랄 수도 없는 일들. 언제 떠올려도 생생하게 되살아날 일들. 정말이지 이토록 모르면 좋았을 사실도 없을 텐데.

또 다른 나는
통조림

누구나 닫힌 통조림 깡통 속에서 흔들림에 허덕이며 산다는 사실을 서서히 알아갈 때쯤 나는 깨달았다. 이것을 여는 것은 온전히 나의 몫이라고. 때때로 필요하다면 스스로 닫아 버리기도 해야 한다고. 누구도 대신해 주지 않고 알려 주지 않는 일들을 하나씩 배워 나간다.

마음도 마음대로 정리할 수 있다면

지금까지도

맞붙어서 부대끼는 것보다는 떨어져서 연민을 느끼는 것이 낫다고 생각했지만, 아, 그렇구나. 내가 상처를 받았구나. 조심스러워 하는 손, 별로 움직이고 싶지 않은 내 표정, 방구석에 도착해서야 쏟아지는 먹먹함 같은 것들. 울기 시작하면 도저히 감당이 안 될까 봐 다른 곳으로 눈을 돌리려 했지만 결국 제 발에 채여 넘어진다. 숨이 부족할 정도로 펑펑 운다. 마음을 세게 찧은 고통이 뒤늦게 찾아와 한동안 아무것도 할 수 없었다.

파동
波動

내가 가진 미련함이나 찌질함, 그리고 그 외 다른 부
정적인 성질의 것들은 아예 없어지지 않을지 모른다
는 걸 매번 느낀다. 모든 게 자리를 털고 일어나 스스
로 사라진다면 더할 나위 없이 기쁘겠지만 터무니없
는 바람임을 알기에 덜컹이는 문 앞을 막으며 서 있
다. 등으로 전해져 오는 울림에 맞선다.

마음도 마음대로 정리할 수 있다면

투명한
언어

쏟아 내고 싶은 말이 많은데 이상할 정도로 언어적 한계를 느끼는 날에는 또 다른 세계의 말이 필요한 게 아닐까 싶어진다. 힘이 다할 때까지 뱉어 내고 싶은 말들은 투명할 것이다. 수없이 많은데 이렇게도 잘 보이지 않으니까.

자존감

자존감에 대한 생각을 최근 들어 다시 정리했다. 처음엔 일단 높여 두면 그대로 유지되는 거라 생각했고, 그 다음엔 왔다 갔다 하는 건 자연스러우며 최대치와 최소치가 올라간 거라 생각했다. 허나 요즘엔 내면의 무언가가 하나의 그릇이라면 자존감은 그걸 다루는 힘이라 느끼고 있다. 메모 보드에 핀으로 꽂힌 메모지처럼 고정된 게 아니라.

내가 가진 그릇은 자의 또는 타의에 의해 옮겨지거나 엎어지거나 때론 박살날 수 있다. 살다 보면 그런 일은 언제나 생긴다. 문제는 그걸 제자리에 놓거나 치우는 것, 필요하다면 다시 마련해 두는 것인데 그때 그 과정에 들어가는 모든 에너지가 자존감이라 부를 수 있는 것이 아닐까.

어떤 상태 자체 혹은 증상이나 모습 같은 게 아니라
다시 되돌려 놓고자 하는 체력. 모종의 이유로 어질러
지고 흐트러져도 금세 정리하고 회복할 줄 아는 힘.
단순히 "난 아주 멋진 사람이야"라고 말하는 것보다
조금 더 상위의 것. 어쩌다 흠칫하는 경우가 생겨도
결국엔 스스로 정리해 낼 줄 알며, 무례한 누군가가
네 그릇은 너무 별로라고 멋대로 판단했을 때 "당신이
판단할 수 있는 일이 아냐"라고 할 수 있는 강도.
한 가지에 대한 정리를 끊임없이 새로 하는 건 내가
손 놓지 않고 싶은 부분이란 뜻이겠거니 하며 얼마나
잘 지켜 내고 있나 돌아본다. 뜨내기 같은 정리지만
점점 입체적으로 발전한 것 같아 흡족하다. 계속해서
견고해진다면 좋겠다.

걸림돌투성이

이런저런 걸림돌.

끄집어내 봤자 이도저도 아니고.

되지도 않는 소화. 할 수 없는 대화.

내가 지금 얻고 싶은 게 정확히 뭘까.

열 한 개가 될 리 없는 손가락 개수만 세며 밤새.

무의식적인
변화

시간이 지날수록 나의 신념이나 가치관에 대해 언급하는 일이 꼭 달갑지만은 않다. 조심스러움이 더해진 것일까.

절대 변하지 않을 거라 여기던 것들을 몇 번 등지는 선택을 했었다. 당시의 충격과 혼란을 아직도 기억하지만 많이 무뎌졌고, 지금 보니 그렇게까지 당황할 것도 아니었다 싶은 일도 있다.

변하기 위해 전속력으로 달리지 않아도 변하는 부분이 있다는 사실. 그렇게 인간은 언제든 바뀔 수 있다는 걸 단계적으로 깨달아 가고 있다. 오늘의 나는 어제와 또 다르다.

움직임의
근본

가끔 내 원동력은 불안이 아닐까 하는 의문을 갖는
다. 불안함을 해소하기 위해 어떤 행동이라도 해보는
것. '이렇게 하면 조금이라도 괜찮아지지 않을까?' 하
는 기대를 하면서. 그 뒤엔 늘 안정이 약속되어 있는
것은 아니지만.

마음도 마음대로 정리할 수 있다면

삶의
갈래

침대에 누워 흐느적거리다가 책상으로 자리를 옮겨 뭉그적거린다. 그러다 문득 생각한다. 참 많이 도망쳐 온 것 같다고. 난 언제까지 도망칠까. 계속 지금처럼 살게 된다면 '참 열심히 도망쳤다. 이것도 도망의 한 방법일까'라는 말이 유언이 될지 모른다.

하지만 내가 도망이라 부르는 것은 선택이란 것의 또 다른 이름이 아닐까. 어렵게 스스로를 다독여 본다. 최선의 선택이 아니라 버텨내기 위한 선택이어도 괜찮다고. 버티는 것도 살아냄의 한 방식일 거라고.

OFF

갑자기 누군가 나타나 미안한 표정을 지으면서 "사실
넌 기계로 만들어졌어"라고 알려 준다면 "전원 버튼
은 어디 있나요"라고 물을 것이다. 모든 게 잠들어 버
리는 찰나도 느낄 수 없을 거란 사실에 감사하면서.

마음도 마음대로 정리할 수 있다면

그저
한 명의 사람

좋은 사람이 되는 걸 목표로 삼았던 때도 있었지만, 그게 얼마나 허황된 것인지 느낀 순간 그만두었다. 누구에게나 좋은 사람이 되는 일은 불가능하다고 그 때라도 깨달아 다행이다. 그러지 못했다면 아마 스스로를 연료로 사용해 왔을 테고 한 톨도 남은 게 없었을 것이다. 굳이 뭘 하나 골라야 한다면 어쩐지 미워할 수 없는 사람, 딱 그쯤이 되겠지만 그런 것에 목매지 않기로 했다.

사용
설명서

어느 시점까진 나를 먼저 설명하고 싶어 안달이었다. 마치 사용 설명서를 건네주듯, 어떻게 하면 일목요연하게 전달할 수 있을까에 몰두하기 바빴다. 아마도 내가 원하는 대로 나를 봐주길 바라는 욕망의 발현이 아니었을까 싶다. 덕분에 혼자 스트레스 받는 일도 많았다.

새로 산 기기의 사용 설명서를 고민도 않고 버리던 어느 날 생각했다. 본래 사람이란 눈앞에 있는 것을 읽지 않는 일도 허다하고, 읽었다 한들 본인에게 맞는 대로 오독하는 일도 잦은 법이라고. 그걸 잊고 있었다고. 나는 나를 얼마나 많이 알고 있는지, 머리로 아는 것을 얼마나 잘 다루고 있는지 뒤돌아보자, 자기 자신 사용 설명서라는 게 있다면 본인부터 숙지하고 있는 게 가장 중요한 일이겠다는 결론이 나왔다. 나조차 열심이지 않은 일이라면 타인에게 기대할 수 없으며, 한다 한들 큰 의미는 없을 것이라고.

마음도 마음대로 정리할 수 있다면

그 이후부터 나에 대해 자세히 설명하기 위한 일에
조금 덜 집중하기 시작했다. 내가 어떻게 말하든, 나
는 '내가 생각하는 나'가 아니라 '그가 생각하는 나'로
존재하게 된단 걸 더 깊게 받아들이기 시작한 것이
다. 그 일이 마음의 무게를 어느 정도 덜어내 줬다.

좋아함의
연쇄 작용

미니 스탠드를 보다가 자주 사용하는 SNS의 로고를 떠올렸고, 그러다 좋아함의 연쇄 작용이란 건 뭘까 생각했다. 원래 그다지 관심 없던 것들을 보고 누군가 혹은 내가 즐겨하는 것이 떠오르면 때에 따라 그것마저도 좋아지게 되는 일이 있다. 어떤 만화를 좋아하기 시작한 이후 부엉이나 올빼미가 귀엽게 보이는 것도 단적인 예다.

좋아함의 연쇄 작용이라는 어쩐지 허술한 단어 조합은 순간적으로 떠올린 거지만, 아무튼 좋아함은 또 다른 좋아함을 가져다주는 것 같다. 관심도 없는 상태와 한 번 들여다보는 상태는 판이하게 다르다. 좋아하는 것이 하나 생기면 부수적인 것들이 몇 가지는 더 생긴다. 도미노처럼 쓰러지는 것과는 다른 모양새라는 게 좋다. 좋아함의 면적이 더욱 넓어지는 기분이다.

별것 아닌
별것

네, 그럼요. 별거 아닌 일이에요. 그렇게 여기도록 제
자신을 무던히 채찍질하고 있습니다. 거기 열중하다
보면 잊지 않을까 했는데 한편으론 되새기는 일일 뿐
이란 생각도 드는군요. 아무것도 하지 않을 수 있어
야 하는데 영 어렵습니다.

억지로 하기보다
스스로

마음도 마음대로 정리할 수 있다면

지금처럼 세상 모든 게 좋았다가 싫었다가 사랑스러
웠다가 질렸다가 하는 때엔 발을 헛디딜까 봐 걱정이
많아지지만, 적어도 하나쯤은 분명히 좋은 게 있을
테니 있는 힘껏 매달려 있어야지. 자칫 잘못해 떨어
질지 모른대도, 억지로 떠밀리는 것보단 내 힘이 다
하는 쪽이 좋다.

심침
深沈

요즘 따라 자꾸 시간 지난 것들이 하나씩 생각난다.
내주지 않은 자리를 제자리인 듯 꿰차고 앉아 제멋대
로 바래고 접힌 많은 일들이 마구잡이로 떠오르면 난
하릴없이 모두 껴안고 있어야 한다. 나만 괴로운 일
인데 어쩜 이럴까. 가라앉아 있던 불순물들이 시야를
가린다. 꿀꺽 삼키면 없애 버릴 수 있는 것들이었음
좋겠다. 한 입만큼의 양이라도 사라지는 걸 직접 볼
수 있다면. 그런 마음으로 가라앉기를 기다린다.

마음도 마음대로 정리할 수 있다면

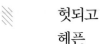

헛되고
헤픈

아무 소용없는 일이란 걸 잘 알면서도 나는 나를 낭
비하는 걸 멈추지 못하는 사람이다. 갈아 끼울 수 있
는 심도 아니면서 이곳저곳에 흔적을 흘린다. 내가
나를 묻힌 곳은 얼마나 많은가. 내가 적지 않아도 됐
을 것들은 몇 마디인가. 이제 와 셀 수도 없다. 앞으
로도 더 많은 개수를 남기겠지.

의문의
파도

나름 반 발자국씩이라도 내딛으며 버티고 있다 생각
했는데, 갑자기 어떻게 흘러가고 있는지 감을 못 잡
겠는 순간이 온다. 알고 있던 것들이 전부 초기화되
어 버린 것처럼 멈칫하곤 처음 온 곳에서 길을 잃은
것과 같은 당혹감이 나를 채운다. 여태껏 해온 것들
중 뭔가 잘못된 게 있었나? 의연하게 지나치면 될까?
질문 개수만큼의 답을 내지 못하고 휘청인다. 나를
믿는 일도 조심스러워진다.

마음도 마음대로 정리할 수 있다면

임시
저장글

"아……"라고 적긴 너무 길고 "아…"라고 적긴 또 너무 짧은 어떤 것.

아무렇지
않아

아무렇지도 않다고 생각한 지 얼마 안 지나, 아무렇지 않다고 계속 생각하는 것이 정말 아무렇지 않은 게 맞나 싶어졌다. 아무렇지 않은 사람이고 싶어서 아무렇지 않은 척하는 나는 아직도 모든 것을 생생하게 기억한단 사실을 외면한다. 아무렇지 않다는 말조차 잊은 사람이 되는 때를 잠자코 기다리며 입을 연다.

"아무렇지 않아."

틈이 갖는
공간감

오늘따라 바람 소리가 황량하다. 이런 날엔 결락된 부분이 가장 먼저 눈에 띄기 마련이다. 틈이 넓게 벌어진 곳일수록 더 많은 바람이 드나드는 법이니까. 내 몸이 지나가긴 불가능하지만 다른 것들은 쉴 새 없이 넘나드는 공간이 내 안에 있음을 다시금 깨닫는 일에 갇히기 쉬운 날이다.

잊지 않고
인지하기

기뻤거나 즐거웠던 감각을 잊지 않는 것이 중요하다. 나는 왜 여기까지 떨어졌는가에 대한 의문을 반복 재생하는 것보다 그런 감정을 느낄 줄 아는 사람이었음을 인지하고 있는 편이 더 많은 도움이 됐다. 지금의 나와 다른 나를 잊지 않는 것은 누군가 대신해 주지 않기에, 내가 해야만 하는 일이기에 꾸역꾸역 밥을 삼키듯 꼬박꼬박 떠올려 내야 한다.

느리고
빠른

도망치고 싶어도 하루는 꾸역꾸역 자기 속도대로 지나가네. 때론 나만 놔두고 가버리는 것처럼 느껴져 보이지도 않는 뒷모습을 멍하니 바라보네. 덩그러니, 덩그러니. 그 말에서 느껴지는 공기 방울 같은 공허함까지 나를 위한 말이었네.

아무것도
몰랐지

나는 헤매지 않을 줄 알았지. 헤매더라도 이렇게 헤맬 줄은 몰랐지. 어떻게든 자연스럽게 흘러갈 줄 알았지. 어딘가에 고이더라도 잠시뿐일 줄 알았지. 내게 맞는 물살을 찾아 몸을 실을 줄 알았지. 흐름 따라가다 보면 예정된 곳에 도착할 줄 알았지. 이렇게 정처 없을 줄은, 정말 몰랐지.

마음도 마음대로 정리할 수 있다면

바램 없는
바람

내가 처음 가보는 방향으로 걸어가려고 할 때, 그것
이 나를 좋은 사람으로 보이게 할 거란 이유보다 그
방향이 더 낫고 옳음을 이해해서였음 좋겠다. 섣부른
동정을 거두고, 스스로의 잘못을 뒤돌아보기를 우선
시하는 사람의 발걸음을 갖고 싶다. 때론 그것이 걷
는 법을 처음 배우는 것처럼 느껴질지라도 당장의 편
함을 위해 중요한 것을 포기하는 내가 되지 않길 바
란다.

그 어떤 성가신 일도 생기지 않길 바라기보단 늘 나를 조심히 다루고 때가 될 때마다 볕이 잘 드는 곳에 두는 일을 잊지 않는 게 더 중요하다. 아무 곳에나 툭 던져두곤 제 알아서 괜찮아지길 바라는 건 욕심이라는 사실을 누가 부정할 수 있을까. 깊은 수심에 빠져도 결국 스스로를 건져 올려야만 한다. 타인이 던져주는 미끼만을 기다리다 보면 내 입 하나마저 성치 않은 때가 온다. 나를 편안히 눕히는 법을 나는 알고 있다. 서서히 말라간다.

마음도 마음대로 정리할 수 있다면

양말 짝 맞추기

사람은 혼자서 살아가는 거라고들 말하지만 특정한 이름이 붙은 관계는 혼자서 이룩할 수 없다. 우리는 보폭이 다른 걸음과 함께한다. 그러다 어느 순간, 인생에는 세탁을 끝낸 후 다신 찾을 수 없는 양말 한 짝처럼 어딘가로 사라져 버리는 이들이 생긴다. 하나씩 짝을 맞추던 내 손은 하던 일을 잠시 멈춘다. 빠져나갈 구멍도 없는 세탁기 안은 보란 듯이 텅 비어 있다. 아차 싶지만 익숙한 마음으로 등을 돌려 사라지지 않은 것들을 챙기는 것에 집중한다. 전부 다 말하자면 그렇고 그런, 흔한 일들.

테이크,
테이크, 테이크

사랑받지 못하는 것도 슬픔의 이유가 될 수 있지만, 받은 만큼 주지 못하는 자신의 모습도 슬픔의 이유가 될 수 있어. 어떤 마음으로 여기는지 알기 때문에 괜찮다고, 그걸로도 충분하다고 하지만 그게 나를 울릴 때가 있어.

뒤늦은
자각

보고 싶다는 말을 원할 때마다 전할 수 있단 게 얼마나 소중한지 깨닫는 때가 있을 거야. 아무리 작은 것이라도 전하려는 시도조차 할 수 없는 건 아주 많이 다른 일이었단 걸 그제야 느낄 거야. 뒤늦게 아무리 멀리 던져 봐도 그 밑은 낭떠러지고 땅에 닿는 소리가 울려 몸까지 닿는 것 같아도, 이미 늦은 거야.

마음도 마음대로 정리할 수 있다면

까마득한
문제 풀이

인간관계의 인과관계란 무엇일까. 어디서나 딱 떨어지는 공식 따윈 없고, 누군가 귀띔해준다 해도 모든 건 스스로 풀어야 하는 난제들뿐이며, 시도 때도 없이 일어나는 문제는 정확히 언제 어디서 나타나 어떻게 내게 도착한 것일까. 기척 없이 흐르는 물살에 눈치껏 몸을 던지거나 빼내야 하는 피곤함. 겨우 풀어내고도 그 몇 배만큼의 문제가 쏟아지면 미지수가 모두 사라질 날이 오긴 하는지도 미지수로 남는다.

모두,
바다

　　마음도 마음대로 정리할 수 있다면

물놀이가 즐거웠다면 갯벌이 드러난 모습도 받아들일 줄 알아야 한다. 한껏 신이 났던 발자국들은 흔적도 없고, 아쉬움에 푹푹 패인 것들만 남아 있어도 말이다. 찰랑이며 몸을 가볍게 띄우던 물결과 밑바닥의 진득함 모두 바다란 걸 잊지 않아야 한다.

벌어지는
틈

떠보는 방식이 아니면 대화를 하지 못하는 사람과 결국 멀어지는 건, 그가 떠본 만큼의 틈이 계속 생겨 끝내 크게 벌어지기 때문이겠지. 있는 힘껏 뛰어도 건널 수 없을 정도로 넓은 간격을 좁히기엔 너무나도 늦어 버린 때가 되면, 아무리 커다란 후회라도 접착제가 되어 주지 못하는 법이다.

8 이어지는
빛

평생 목에 칼을 차고 살라고 말할 정도까진 아니지만 사과한다고 끝나는 일도 아니다. 세상엔 아무리 사과를 해도 없어지지 않을 빚이란 게 있다. 사과를 받아줬다고 해도 본인이 '그런 인간'이었음을 잊으면 안 된다. 아무 일도 없었던 듯 살아가다 또 한 번 '그런 인간'이 될 때, 내 모습이 툭 튀어나와 그의 한편을 쿡 찌를 것이다.

가시

내가 얼마나 가시 돋친 사람인지 알려 주고 싶지 않은 상대에게 그걸 자꾸만 들킬 때 괴로워진다. 좋은 모습만 보여 준다는 건 어려운 일임을 알지만, 적어도 이것만큼은 보이고 싶지 않은 구석이 있는 법이다. 어째서 이리 쉽게 들키고 말았을까 싶은 때엔 불가피한 자책과 마주 선다.

마음도 마음대로 정리할 수 있다면

관찰
혹은 염탐

사람이 얼마나 웃기고, 비열하고, 꼬여 있는 동물인지에 대해서는 굳이 타인을 오래 관찰하지 않아도 알 수 있다. 내 자신의 모든 생각들과 순간적인 감정들을 찬찬히 읽어 보면 충분하기 때문이다.

탓해야 하는 대상을 정확히 아는 것도 중요하지만 마음 상해도 탓할 사람 하나 없는 일이 허다한 삶. 그 속에서 문제의 원인을 타인에게 덮씌우고픈 이기심이 고개를 드는 때가 얼마나 많은지 모른다. 내 탓이 아니라면 조금은 편해질 거란 꼬드김을 이겨 내는 힘이 없었다면 무엇을 더 잃었을지 알 수 없다.

난해한 마음으로 스스로를 잠재운다. 숨만 쉬어도 흐려지는 것들이 진창인 곳에서 당장의 욕심만을 위해선 안 된다고 달래면서. 또 한 번 엿본 나의 일면을 모른 체하진 못하리라.

허망스레

안 그럴 것 같던 사람도 그런 말을 한다는 사실을 직접적으로 느끼게 되는 순간, 보이진 않지만 충분히 체감할 수 있는 벽이 내 앞을 가로막는다.

왜 이 사람에게도 이런 말을 들을 수 있단 걸 상상조차 못하고 있었을까. 내가 특별하게 여기는 사람이었기 때문에? 함께 잘 지낸 시간이 짧지는 않기 때문에? 단순히 이제까진 그 말을 들어 볼 일이 없었기 때문에?

미리 예상이라도 할 수 있었다면 좋지 않았을까. 아니, 다른 사람이었다면 이런 기분까진 안 들었을까. 단순히 이 사람에게서만큼은 듣고 싶지 않았던 말이었던 걸까. 덧없음이 꼬리에 꼬리를 문다. 결국 가득 찬 허무는 한동안 굳건했다.

8 커지는
실타래

좋은 사람이고 싶지만 마음대로 되지 않는 모습이 슬
프다. 원 없이 노력해 봐야 미련이라는 것도 숨을 죽
이는 법인데. 몸을 사리고 있는 건 아닌가 하는 생각
이 들어 착잡해진다. '그러려고 한 게 아니야'라고 해
도 달라지는 건 없다. 웅크린 자세는 점점 더 견고해
진다.

유지

가끔씩 마음속에 차오르는 어떤 감정이나 불안감을
서로에게 내려놓고 대화하는 것. 그리고 그 대화의
끝에서, 항상 상대가 불안감을 없앨 수 있는 확신을
보여 주는 것.

8 흔들리는
다리

내가 해준 것들에 대해서만 따져 보기 시작하면 그 관계는 흔들리기 시작한다. 아니, 애초에 흔들리고 있던 것을 깨달은 시점이 그때라고 해도 무방할 것이다. 크게 흔들거리는 다리 위에 있는 사람이 본인의 안위를 가장 중요시 하게 되는 건 당연하다. 오래 버티고 있을수록 이 흔들림은 상대방이 만들고 있단 생각만 강해지고 만다. 거기서 커지는 분노는 다리 위에서 내려온다는 선택지를 떠올리는 걸 막는다.

톱니바퀴는
제멋대로

너는 충분히 노력했다 생각해도 튕겨져 나오는 일이 있을 것이다. 네가 못하지 않았다 생각해도 타인이 못했다 여기면 그만인 일이 있다. 생각보다 많은 것들이 그런 식으로 돌아간다. 수도 없이 많은 톱니바퀴가 그리 정교하지 않음을 알게 됐을 때, 도대체 어떻게 작동하고 있는 건지 신기해하는 네게 답을 주는 사람도 거의 없을 것이다. '알아서 잘 맞물려 봐라' 기껏해야 그 정도가 다일 것이다.

마음도 마음대로 정리할 수 있다면

여러모로
바닥

남 깎아내리는 데서 자존감 높이는 인간들이 사실은 가장 자존감이 바닥 치는 인간들이라는 걸 나는 알지. 남의 살 파내서 자신한테 붙이면 자기 덩어리가 불어나니 크기만으로 순간 우쭐할 수 있지만, 반복해서 덕지덕지 붙이다 보면 괴물 같아져.

여전히

마음도 마음대로 정리할 수 있다면

어느 날은 주변 사람들이 나에게 줬던 도움, 다듬어진 말들, 표현을 고르며 말하느라 느려졌던 말의 속도 등을 떠올리며 고마워하다 난 그만큼 못해 주지 않았는가 하는 질문이 속에서 날아들면 입이 굳게 다물어진다. 우리의 노력을 양 끝에 매달아 저울질할 수 있다면 다소 기울어져 있는 게 아닌가 싶어지는 것이다. 그들이 내게 자선 사업을 하는 건 아니니 그런 행동엔 이유가 있을 거라 여기지만, 여전히 모두의 등을 보며 걷는구나 하게 된다. 그들의 방향을, 다시금 열심히 뒤따르려 애쓴다.

결말의
중심

나를 좋아하는 사람들을 좋아하기도 벅찬 스물네 시
간의 중심에서, 나는 나를 좋아하는 사람들이 진정
누구인지 혼란스러워하는 시기를 맞았다.

절대 별일 없을 것만 같던 곳이 대단치도 않은 이유
로 무너진다. 심지어 모든 과정이 나만 모르게 조용
히 이루어지기도 한다. 누군가의 잘못이기도 하고,
모두의 잘못이기도 하고, 잘못한 사람이 특정되지 않
기도 한다. 좀처럼 받아들이고 싶지 않은, 코웃음이
나기도 하는 사실들. 허무함을 짙게 머금은 바람이
너무 거센 탓에 몸이 휘청이며 밀린다.

마음도 마음대로 정리할 수 있다면

허나 탄식의 늪에 잠기는 건 재미라곤 털끝만큼도 없
는 일이기에, 나는 그곳에서 얼른 빠져나왔다. 꼬여
버린 일이 반갑진 않지만 모든 게 끝난 건 아니니까.
영원히 혼자가 된 건 아니니까. 여전히 날 좋아해 주
고 내가 좋아하는 사람들이 단단하게 서 있으니까.
앞으로도 그런 사람들을 만날 수 있을 거란 확신이
있으니까. 지금까지 그래 왔던 것처럼.

예상하지 못한 혼란이 나를 찾아왔어도 내가 그 이름
을 애처롭게 부르지 않으면 그만이란 마음으로, 굴복
하지 않은 결말을 내 것으로 삼는다.

유독
냉랭했던 아침

짙은 피곤함에도 불구하고 얼마 자지 못한 후 깬 어느 날 아침을 기억한다. 한참을 뒤척이다 못해 요동치다 잠든 그 짧은 시간 동안 간결한 슬픔 하나가 도착해 있었다. 넋은 이야길 자주 들어주었던 고마운 사람. 당장 보내도 한참 늦어 버린 대답을 보내며 속이 상한다. 늘 빨랐던 그의 위안보단 늦어 버렸지만, 그래도 오늘 전부를 할애해도 좋단 마음으로 연락을 기다렸더랬다.

마음도 마음대로 정리할 수 있다면

결국,
그러나

넌 상처 받을 거야. 무언가를 잃어서 상처 받을 거야. 너의 무언가를 알아주지 않는 사람들 때문에 무언가를 잃을 거야. 되돌릴 수 있는 일이 있고, 싹싹 빌어도 불가능한 일이 있다는 걸 알게 될 거야. 잃으면서 얻는 게 있다는 걸 배울 거야. 잃어야만 얻는 것도 있다는 것도 깨달을 거야. 상처는 반복될 거야. 그걸 마주보는 너는, 아마 반복되지 않을 거야. 반복되지 않으려 하는 모습 또한 한 발자국 내딛은 거란 사실이 네게 남을 거야.

따옴표

현실을 인지하고 있어도 사람이다 보니 조금의 기대를 하게 된다. 하지만 '안 되겠지'라고 혼자 생각하는 것과 상대방에게 "안 돼"라는 말을 듣는 건 작은따옴표냐 큰따옴표냐보다 훨씬 더 큰 차이가 있기에 베개보다 딱딱한 단념을 미리 안는다. 큰따옴표에 갇히는 순간 나를 지탱해 줄 유일한 것일 수도 있으므로 팔에 조금 힘을 준다.

이해관계

관계라는 말 앞에 이해가 붙어 '이해관계'라는 말로 재탄생하면 갑자기 머리가 아파 온다. 신나게 비행을 즐기다 거미줄에 잘못 걸린, 운이 지지리도 없는 생물체가 된 기분이 된다.

피부 아래
어느 곳에

그런 때가 있다. 막연히 시간이 가는 게 싫다는 생각이 드는 게 아니라 바로 지금 이 순간이 영원했으면 하고 바랄 때. 이곳에 존재하는 모든 찰나, 분위기, 기분 같은 것들의 품에 영원히 묻히고 싶을 때.

하지만 그럴 수는 없단 걸 알기에 나는 좀 더 예민한 살갗을 드러낸다. 모든 것이 파하고 난 뒤 홀로 남겨져 손에 잡히는 게 없어도 감촉만큼은 언제든 기억해낼 수 있도록.

마음도 마음대로 정리할 수 있다면

미루던 것은
한꺼번에

나중에, 나중에 하다 보면 나중은 오지 않는다.

나중을 기약했던 과거의 끄트머리만 남아

나를 괴롭힐 뿐.

사실
그대로

"사실은 이런 의미의 말이었어요."

상대방에게 해석하는 일을 시키지 말자.

시켰다면 그대로 전해지지 않았대도

억울함에 파묻히지 말고.

설명할 기회가 항상 주어지는 것은 아니므로.

마지막엔
나와 나

누군가 나를 싫어하는 것에 연연하지 않겠다는 것은 그럴 수 있기 위해 거는 자기 최면과 비슷한 것이다. 내가 완벽하게 초연할 수 없다는 걸 알고 있기에 미리 해두는 대비 같은 거랄까. 내게 향하는 증오를 받아들이면 받아들일수록 상대방만 기쁘게 하는 일일 뿐더러 나는 나로 살아갈 수 없게 되니까.

모두에게 사랑만 받고 싶단 욕구가 들어도, 어쩌랴. 나와 함께 끝까지 남아 있을 사람은 다른 모두가 아니라 내 자신인데.

영원하지
않은

대화에 대강 임하는데도 매끄럽게 이어지는 건 상대방이 그만큼의 수고로움을 감수하기 때문일 수도 있다. 보통은 '우린 정말 잘 맞는 것 같아'라고 섣부른 착각을 하지만 말이다. 착각이 착각임을 깨닫는 시간이 늦어질수록 품의 웅덩이는 점점 작아지고, 결국 그것이 존재한 적도 없던 것처럼 메마른 땅이 된다. 그렇게 버석한 모래 위, 사람의 흔적조차 사라진다.

마음도 마음대로 정리할 수 있다면

나 자체로
이유가 되어 주기

넌 날 미워하지. 그렇지만 미움받는 쪽보다 누군가를
미워하는 쪽이 늘 더 바쁘더라. 관찰하고 분석하는
데 많은 힘을 들이지만 모든 게 하나의 결론으로 수
렴되는 걸 반복할 뿐이잖아. 내가 무언가를 해서 마
음에 들지 않는다면 내가 아무것도 하지 않는다고 마
음에 들어 할까? 온갖 이유를 찾는 너에겐 숨만 쉬는
모습도 충분한 이유가 되겠지. 난 멀쩡히 살아 있는
것만으로도 널 괴롭게 할 수 있는 거야.

투명하지만
보이지 않는

내가 '왜 저럴까' 하고 생각할 때 남도 날 보면서 '왜 저럴까' 하겠지. 그렇게 우린 제각각 연약한 유리 한 장처럼 존재하며 모든 걸 투과시켰다가 어렴풋이 서로를 비추기도 한다. 크게 다르지 않은 모습이 안심을 가져다주다가도 거부감을 불러일으키기도 한다. 오늘은 누가 곁을 지나칠까. 우리는 무엇을 내보이고 누구를 비출 것인가.

마음도 마음대로 정리할 수 있다면

짙은
밤

모두에게 고맙다고 말하고 싶은 밤엔

그 말을 하지 못해 슬퍼지지.

고마워.

세 글자가 부서지는 파도를 닮은

밤하늘 구름처럼 흘러간다.

둘 중
하나

마음도 마음대로 정리할 수 있다면

신뢰와 경멸이 동시에 존재할 때, 나는 무엇을 해야
하는가. 사실과 가설이 반절씩 섞여 기름과 물처럼
공존한다. 끌어안듯 움직이다가도 서로를 비켜 나가
는 움직임. 당장 무엇을 해야 할 의무는 없지만 이런
고민에 시간을 보내는 건 달갑지 않다. 앞으로의 내
선택은 얼마나 달리지게 될까. 관계의 모양과 색은
어떻게 변해 나갈까. 나의 결정 하나엔 고민이란 열
매가 몇 개씩이나 달릴까.

오해의
결말

나는 오해가 정말 싫은데, 살면서 그것을 0으로 만드
는 건 불가능하겠지만 할 수 있는 만큼 최소한으로
줄이고 싶다. 그래서인지 나에게 오해가 생겼을까 봐
걱정이 될 때 말고도 상대에 대해 내가 오해할 것 같
아도 직접 얘기해 보게 된다.

드라마, 영화, 소설 등에서 만들어진 오해는 이벤트
성이 있어 그 사건이 언제 어떻게 풀릴까 기대하며
지켜볼 수 있다. 언젠가 해결될 것이란 믿음이 어렴
풋이 존재한다.

그러나 실제 삶에선 그렇지 않다. 우리의 오해는 그
대로 기정사실화된다. 그것이 오해인지 아닌지도 모
른 채 그냥 지나가 버린다.

마음도 마음대로 정리할 수 있다면

나는 그게 어쩐지 억울하고 분하다. 오해가 없었다면 일어나지 않았을 것들이 일어나는 게, 쌓이는 게 그래서 싫다. '사실은 그게 아니었다고?' 하면서 그게 오해였음을 깨닫는 일이 시간 지나 언젠가 일어나는 건 엄청난 행운일 정도다. 우리가 창작물을 보며 느끼는 갑갑함은 실제로 느낄 수 없다. 당사자들에겐 배신감, 분노 등 마음의 상처만 남을 뿐.

진위를 확인하는 일에도 에너지가 든다. 그러나 진심이 어떤 건지, 사실이 무엇인지 정확히 알 수 있다면 그 정도는 언제든 지불할 용의가 있다. 오해가 쌓이면 위해가 된다.

이미

언젠가는 모두 말할 기회가 온다면 좋겠다. 그때 내 마음이 어땠는지, 무슨 생각이었는지, 어떤 걸 어떻게 미안해하는지, 무엇이 고마운지 같은 이야기들을 전할 수 있다면.

물론 그럴 수 있는 일이 일어날 가능성은 희박하단 걸 알고 있다. 혹 가능해진다 해도 말할 수 없을지 모른다. 자세한 이야길 일일이 꺼내 놓으면 내겐 속 시원한 일이 될지 몰라도 상대방에겐 괜한 일일 수 있음도 알고 있으니까. 이 짐을 당신이 도맡아 알아서 해결하라는 이기적인 행동일 수 있으니까.

내 쪽에선 무엇도 전하지 못했지만 관계가 지속되고 있다면, 내가 그랬듯 그도 그때 이미 자기 나름대로 많은 것들을 혼자서 해결했으리라. 여러 생각과 이기적인 욕심이 올라올 때면 여러 번 곱씹는다. 당신은 이미 나를 위해 충분히 해주었다고.

8 물음표의
   무게

상대방의 거절도 받아들일 수 있을 때 질문할 준비가
겨우 끝나는 것인지도 모른다. 대답이 우리의 사이를
결정한다고 넘겨짚지 않는 것. 몇 번이나 집어삼켜도
모자를 그 중요함을 손에서 놓치는 일은 없어야 한다.

양면의
덫

위로에의 욕구가 지나치면 동정이 된다. 둘은 서로
등을 맞대고 서 있지만 모습만큼은 흡사해서 무신경
해지는 순간 헷갈리기 십상이다. 멋대로 동정을 퍼붓
고 위로할 줄 아는 사람이란 칭호를 스스로에게 부여
하는 이는 또 얼마나 많은가. 많은 함정들. 오늘도 그
곁을 살금살금 걷는다.

마음도 마음대로 정리할 수 있다면

이해의
한도

좋아하는 타인의 무례를 한 번쯤은 아무 말도 없이 이해하고 넘어갈 수도 있겠지만, 그게 개자식처럼 굴어도 사랑해 줄 거란 뜻은 아니다. 우리는 어떤 순간에서도 적당이란 단어를 끊임없이 삼키며 살아가야 한다.

내리막길 위로
흐르는 소음

참 아무것도 없는 사람이다. 가만히 두드려 보면 빈 깡통보다 더 가벼운 소리가 날 것 같은 사람. 이런 이를 본 게 언제가 마지막인지, 그 기억마저 흐릿하다. 그런 게 틀렸음을 깨달을 일이 그의 시간 속엔 한 번도 없었나. 의문이 피어오른다.

그의 말로가 어떨지, 나는 모른다. 바라는 바는 있으나 장담할 순 없다. 하지만 뭐가 어떻게 되든 모든 게 무슨 의미가 있고 소용이 있나 싶다. 깡통은 떨어짐도 시끄러우니 언젠가 들려오겠지, 부딪히는 소리에도 녹이 슬어서. 발끝에 닿지 않더라도 힐끗 들여다보기엔 충분한 거리까지 들려오리라.

마음도 마음대로 정리할 수 있다면

퍼즐

오래 이어지지 않을 관계인 건 처음부터 알고 있었다. 누군가가 나쁘다는 문제라기보단 서로 끼워 맞출 수 없는 조각이었으니까. 우린 앞으로도 같은 퍼즐판 위에 존재할 수 없을 거란 걸 너무 잘 알 수 있었으니까. 그저 그 정도였다, 나의 감상은.

어떻게든
지내

너는 널 소중히 하고 싶어 하는데, 다른 사람을 그 과정의 연료로 써. 난 거기에 내 몸을 내어 줄 생각 없었어. 넌 그게 싫었지? 알아. 그런데 앞으로도 달라질 일은 없을 것 같아서 그냥 모든 걸 그만두기로 했어. 너의 인격이, 그런 인격을 깔고 앉은 너의 인생이 더 황량해지고 불행해지길 기도하진 않아. 하지만 아주 느리게 찾아오는 것이 있겠지. 내가 너랑 더 이상 함께하지 않기로 결정한 것처럼. 근데 이건 오지 않은 일일 수도 있었어. 그렇게 하고 싶었으니까.

잘 지내든 말든, 네가 알아서 해. 나는 내 인생이 버거워 최소한 가능한 것들이라도 잘라 내며 살려고 해. 그리고 지금은 그게 너야.

포장지가 될 일은
없기에

차라리 욕을 하라고 했지만, 화를 내며 윽박이라도
지르면 당신은 그걸로 스스로를 더 불쌍한 사람으로
만들어 합리화할 것을 안다. 그러므로 난 그럴 기회
조차 주지 않을 셈이다. 덕분에 지금 당신은 자신을
포장할 재료가 아무것도 없음을 안다. 빈손으로 할
줄 아는 것은 눈물을 훔치는 일 정도일까. 자존심 하
나 때문에 타인을 붙잡을 용기는 내지 못할 테니까.
마음대로 되지 않으니 죽겠는 심정 따위를 헤아려 주
는 건 당신에겐 소망일지 모르나 내겐 의무가 없다.

그래도
너를 걱정해

며칠 전, 예전에 썼던 글을 찾다가 친구와 나눈 짧은 대화를 보곤 기분이 미묘해졌는데 오늘까지도 간헐적으로 떠오른다.

그 대화가 기록된 시기는 잘 지낼 때(혹은 아무 문제 없다고 착각할 때)였으므로 다소 다정하면서도 장난스런 분위기였는데, 친구의 SNS 계정에 들어가자 생각지 못한 내용들을 볼 수 있었다. 상처로 남을 법한 일들을 겪은 것 같은 내용들. 몇 년 전 글이었다. 나와는 연락하지 않고 지낼 때의 일들이라 계속 알고 지냈다면 도와줄 수도 있지 않았을까 하는 생각이 스쳤다.

그 친구와는 어떤 일을 시작으로 인연이 끊어졌었다. 내 상황이 힘들어 나중에 다시 이야기해 보자 했었고 먼저 연락도 몇 번 왔었는데, 생각이 정리된 후 돌이켜 보니 풀어 봤자 의미가 없을 것 같아 이어 나가려던 시도를 중단했다고 하는 게 더 정확할 것이다. 그래서 답장을 하지 않았고, 연락이 오는 일도 사라졌다.

그 이후 오랫동안 알아서 잘 지내고 있겠거니 했는데 그 글들을 보는 순간 잘 지내고 있을지 조금 짙은 진심을 담아 궁금해졌다. 이젠 연락처도 모르는 사이지만 다신 그런 일을 겪지 않고 있음 좋겠다고 바라면서. 원체 강단 있고 물러서지 않는 성격임을 알고 있지만 그렇다고 힘듦조차 느끼지 못하는 건 아니니까. '이젠 연락하지 않지만, 그래도 너를 믿지만, 그래도 너를 걱정해.' 조금은 이상해 보이는 말이 속에서 떠다니고 있다.

열리다

배타적이란 말을 들었다고 말하면 동의하는 지인들이 많다. 나도 거기에 크게 부정할 마음은 없다. 스스로도 예민하고 무척 까다롭다는 걸 알고 있으니까. 다만 '다들 비슷하게 느끼고 있었구나' 정도로 생각할 뿐이다.

이따금씩 내가 너무 마음을 주지 않는지에 대해 고심해 본 적도 있는데, 이런 방식이 내게 큰 해가 된 적은 없었기에 단점이라 인식하지 않았다. 여러 사람들과 왁자지껄하던 시기도 있었다. 만약 지금까지 그랬다면 알고 지내는 사이에서 생기는 이점을 주고받는 일이 있었을지도 모르나 성격상 가능성이 크지도 않으니 상관없는 부분이다.

누군가를 받아들이고 내 곁을 내어 주는 일은 그에게 하나의 열쇠를 쥐어 주는 일이다. 간격을 두고 겹겹이 놓인 문이 많고 어디까지 도달할 수 있는가는 각각 다르지만, 그들의 손에 있는 열쇠는 나름의 의미가 있다. 분명 어딘가의 문은 열릴 거란 지점에서.

마음도 마음대로 정리할 수 있다면

여기까지

여기까지야. 더는 안 되겠어. 그렇게 생각하는 지점에서 바로 끝내지 못하고 그런 고비를 몇 번이고 더 넘는 성격. 좋게 말하면 여지를 많이 남겨 주는 것인데, 굳이 그리 말할 필요성은 못 느낀다. 이런 성미 때문에 애꿎은 피해를 입은 적도 허다하니, 어찌 보면 사서 고생하는 스타일일지도 모르겠다.

조금만 더 해보자, 한 번만 더 지나가 보자 같은 생각은 사실 날 위한 것이 아닐까 하는 의문. 언젠가 모든 게 정말 끝났을 때 스스로에게 한 치의 후회도 남기고 싶지 않다는 마음 같은 거. 그래야 뒤돌아보거나 이럴 걸, 저럴 걸 하는 마음이 덜하니까. 허나 영리한 방식이라고 할 순 없을 것이다.

좀 더 무른 마음을 가져도 될 텐데, 하고 생각하는 때가 있는 반면 좀 더 빠르게 잘라 내도 될 텐데, 하고 생각하는 때도 있는 삶의 리듬.

합치다

타인과의 관계에서 교집합의 유무와 그것의 너비는 무시할 수 있는 부분이 아니다. 비슷한 구석 또는 취향을 가진 사람들이 가까워지기 쉽다는 것엔 여전히 동의하지만 과연 그것만이 전부일까 하는 생각이 들 때도 있다. 모두가 나와 같다가도 모두가 나와 같지 않음을 반복적으로 깨달으며 살아간다. 우리가 얼마나 닮아 있는지가 우리의 모든 것일까. 그런 궁금증들.

언젠가의 나는 다른 사람과 나의 교집합이 점점 더 넓어지길 바랐던 것 같다. 나와 그가 각각의 원으로 존재하는 걸로도 충분할 수 있었는데, 거기서 더 욕심을 부렸던 게 아닐까. 언젠가, 이렇게 계속 시간이 흐르다 보면 나와 그가 하나의 원으로 존재할 수도 있지 않을지 바랐던 것 같다. 마치 그게 우리가 가장 마지막에 도달할 수 있는 목적지라도 되는 것처럼. 그렇게 되면 우리가 지금보다 훨씬 더 의미 있고 완전한 무엇이 될 수 있는 것처럼.

마음도 마음대로 정리할 수 있다면

사실 그런 일은 애초부터 불가능했다. 나의 바람이 어떻든지 간에, 내 성격부터가 그런 지점을 나름 귀찮아하기도 했기 때문이다. '이렇게까지 해야 돼?', '왜 그렇게까지 해야 돼?' 하면서 갑갑해하기도 했으니 말이다. 그런데 왜 그런 마음을 가졌었을까. 왜 내 마음속에서 상대방과 내가 그 정도까지 합쳐졌어야 했나.

아직도 삐끗하면 그런 생각을 가질 수도 있을 듯해서 조금 두렵지만, 나를 비롯한 모든 사람들이 오롯이 하나의 원으로 존재하더라도 내게 큰일이 생기는 건 아니란 걸 계속해서 상기했음 좋겠다. 잊지 말아야 할 것들이 많은데 곧잘 잊게 되는 이유는 뭘까.

그중 하나
혹은 전부

네가 그 따위로 행동하는데 사는 동안 아무 말도 안 들어봤다면 그 이유는 세 가지 중 하나야. 네가 잘못 된 행동이라 알려 줄 정도의 가치가 없는 인간이라 알면서도 아무 말 안 해서, 뭐라 하곤 싶지만 네가 그 걸 받아들일 거란 기대가 전혀 되지 않는 인간이라 서, 주변에 다 너랑 똑같은 인간들뿐이라 뭐가 잘못 된 줄도 몰라서. 내 생각엔 아무래도 이거 말고 없어. 너는 그래.

제자리

생각지도 못한 곳들에서의 뒤통수. 어쩌면 '생각지 못한 곳'이라는 건 그만큼 믿었던 곳이 아니라 그만큼 무관심했던 곳이 아닐까란 의문이 떠올랐다. '무관심했으니까, 애정이 없었으니까, 당연히 돌아올 반응이었을 뿐' 같은 것. 내가 다른 곳으로 옮기려 하지 않는 한 언제까지고 그곳에 있을 거란 건 내 착각이 아닌지, 그 자리를 계속 지키고 있을 이유를 찾지 못하게 만들었기 때문이진 않은지.

'나만 빼고 다
착한 세상'

미간에 주름을 새기게 하는 이들을 겪다 고개를 돌리면 내 곁에 있는 사람들이 보인다. 그러나 이따금 나는 그들에게 전혀 좋은 사람이지 못한 것 같단 생각이 드는 때가 있고, 그 생각의 크기만큼 괴롭고 슬퍼진다. 인터넷에 떠도는 누군가의 글을 읽다 콕 박혔던 문장, '나만 빼고 다 착한 세상' 그 말이 떠올라 몇 번을 곱씹는다. 그 사람도 이 말을 적을 때 이리도 슬펐을까. 그래, 슬펐겠지. 견디기 어려워 떨리기도 했겠지.

8 우리

'나는 타인에게 상처를 줄 수 있다'는 사실 정도는 인지하고 있는 사람이 좋다. 그래야 '우리'라는 단어 위에서 내려오지 않고 걸음을 맞출 수 있기 때문이다. 내가 남을 괴롭게 만든 인간일 리 없다는 오만, 모든 의도는 선했으므로 나쁜 결과로 변질될 수 없을 거란 착각으론 어디도 함께 갈 수 없다. 그렇게 '우리'라는 말은 '너'와 '나'로 쪼개진다.

기회

틀렸으면 가르쳐 줘.

가르쳐 줄 가치도 없는 인간인 게 더 비참한 거야.

네게 더 좋은 사람이 될 수 있는 기회를 얻게 해줘.

내가 할 수 있는 유일한 부탁이야.

우리의
영역

손을 잡고 걷던 도중 누군가 손을 빼면 그 자체로 충격 받는 사람들이 있다. '왜 잘 잡고 있던 손을 놨지? 나랑 잡고 있는 게 싫어진 건가?' 하면서 말이다. 하지만 상대방은 손에 땀이 나서 그랬을 수도, 핸드폰을 보기 위해서였을 수도, 좀 더 자유롭게 걷고 싶었을 수도 있다. 넘겨짚기로는 알 수 없다.

관계란 건 당사자들이 같은 자세로 한 자리에만 고정되어 있는 것이 아니라 같은 공간 내에서 존재하는 거라고 봐야 한다. 그렇다면 한 두 발자국 정도 멀어졌다 가까워졌다 해도 이상하지 않다.

손을 잠시 놓았더라도 우리는 비슷한 속도를 유지하며 같은 방향으로 걷고 있다는 사실. 곧잘 잊곤 한다.

홀로 남은 짝을 아무리 들고 서 있어 봐야 어디선가 남은 한 짝이 제 발로 걸어 나오는 일은 없다. 때론 그럴만하지 않은 곳에서 등장하기도 하지만, 아주 가끔 일어나는 일에만 목을 매달고 있기엔 내가 해야 할 일은 너무나도 많다. 현재를 정리하기 위해 건조대 앞을 떠난다. 비우는 것으로 되찾는 안정. 차곡차곡 놓인 일정한 물결을 한편에 담고, 미련 없이 서랍을 닫는다.

마음도 마음대로 정리할 수 있다면

철
지
난
옷
버
리
기

아무리 사랑하는 계절도 때가 되면 모습을 감춘다. 나는 별수 없이 가장 즐겨 입던 옷에 아쉬운 인사를 건넨다. 사시사철 함께하고 싶어도 불가능한 일이란 건 어디에나 있다. 그걸 알면서도 휙 벗어던져 구김이 생긴 옷을 눈에 담는다. 편하고 좋았지만 처음 샀을 때보단 역시나 남루해진 느낌이 가득하다. 무척이나 아꼈는데. 무척이나.

이런 사람인
나

마음도 마음대로 정리할 수 있다면

연애를 하다 보면 자신이 어디까지 쪼잔해질 수 있으며 선천적으로 얼마나 지질한 인간인지 또렷하게 볼 수 있죠. 바보 같은 면과 심술궂은 면들을 많이 만나게 되니까요. 뭐 이런 사람이 다 있냐는 말의 '이런 사람'이 내가 될 줄 누가 알았겠어요.

담력

소위 말하는 '츤데레'보단 좋아하는 마음을 있는 그대로 드러내는 사람의 용기를 더 사랑해 왔다. 돌아오는 것이 없어도 뒷걸음치지 않는 일이 때론 얼마나 어려운 것인지 알기 때문이리라. 그저 오늘을, 지금 당장의 사랑을 열심히 지켜 내는 이의 단단한 마음을 어찌 아끼지 않을 수 있겠나. 나를 한 번씩 밀어내며 돌아가는 힘을 시험하는 심판대 위에서 걷고 싶진 않다.

마음도 마음대로 정리할 수 있다면

연애

戀愛[여ː내]

(명사) 서로의 존재가 있는지도 모른 채 각자의 선으로 각자의 그림을 그리며 살아오다가 어느 날 갑자기 하나의 선으로 합쳐져 같은 그림을 함께 그리는 것을 가리키는 말.

적당함으로
눈 가리기

사랑받는 기분과 욕심에만 흠뻑 취하다 보면 때로 가장 아껴야 할 사람을 잠시 잊어버린다. 자기도 모르게 마음이 한껏 안일해져서 '이 정도만 해도 되겠지' 하고 마는 것이다. 스스로가 얼마나 이해받고 있는지, 어떻게 계속해서 이어져 나갈 수 있는지는 알지도 못한 채 말이다. 뒤돌아보는 일 한 번 없는 사람은 자신의 발자국을 알 수 없는 법이다.

마음도 마음대로 정리할 수 있다면

오래 남을
기분

아주 오래 전 어느 날, 사랑한 기억보다 사랑받은 기억이 더 오래 남는다는 글을 봤다. 나는 얼마나 사랑받고 살아왔을까. 누구에게 사랑받고 있는 걸까. 그리고 날 오래도록 잊지 못할 이들은 누굴까. 이제까지의 풍경과 잘 기억도 나지 않는 존재들을 가볍게 지나치며 머릿속의 산책을 이어가 본다.

잘못된
균형 감각

마음의 준비를 할 여유조차 주지 않고 일어나는 일들
은 생각보다 많다. 미묘하게 비뚤어진 균형 감각을
느꼈음에도 '별일 없겠지' 하고 지나갔다가 낭패를 본
다. 타인이 나를 실컷 흔들어 대고 있음을 깨닫는 순
간은 그렇게 늘 한 박자 늦곤 했다. '어, 이게 왜 이러
지' 하며 당황하는 순간에서야 알게 되었다.

오기에
쥐 잡기

오기로 이어지는 관계는 위험하다. 상대방을 소중하
게 생각하는 마음이 섞여 있다 해도, 어느 정도만이
라도 되돌려 받으면 그만두겠다는 마음이 더 짙을 뿐
이다. 위험한 방식의 또 다른 욕심을 연료로 아무리
먼 곳까지 가봤자 애초에 상정한 결승점에 가까이 다
가가기란 불가능에 가깝다.

뭉개진 것은
부서진 것

내 마음에 왜 네 이름을 그리 또박또박 적어 두었냐
고 묻고 싶었던 그날을 회상해 본다. 원망할 곳이 필
요해 너를 그 대상으로 삼으려다 차마 그럴 수 없어
내 맘이 무른 탓이라며 울었더랬다. 책상에서 떨어져
버린 지점토처럼 귀퉁이가 보기 좋게 뭉개져 있었다.
그 밤은 무척이나 추웠는데, 지나간 이야기가 되어
버렸네.

마음도 마음대로 정리할 수 있다면

물거품일
한순간

내가 네 인생에 한순간이라도 존재했었다는 걸, 그 자체를, 네가 잊지 않아 주었으면 해. 뒤돌아보았을 때 '아, 그런 애가 있었지' 하며 떠올려 줘. 다신 되돌릴 수 없는 시간의 한 모서리를 내게 줬다는 사실이 네게 후회되지 않는 일이었으면 해.

기울어진
시야

특별한 이야기만 많이 하려고 했고, 시간이 좀 지난 뒤에야 그것만으론 오래가지 못한다는 걸 알았어. 너무 한 방향으로만 가려 하다가 보지 못한 게 더 많았을지도 몰라. 서로 얽히고설키는 과정엔 한 가지만 필요했던 게 아닌데 어떻게든 잘 되어 가리라 믿었나봐. 좋음이 모이면 더 큰 좋음이 된다고 생각했어. 하지만 그때의 나는 너무 한쪽으로 치우쳐져 있던 거야. 그게 꼭 좋은 쪽이었다고는, 말하지 못할 것 같아.

마음도 마음대로 정리할 수 있다면

함께
얻어 버린 것

밀접한 관계에 있다는 것 하나 때문에 타인의 개인적인 선택이 내게도 영향을 미친단 건 때때로 곤란한 일이 된다. 신경 쓰지 않았을 일들에 신경 쓰고, 지나칠 수 있었을 말들에 다친다. 서로 모르는 사이로 지내 왔다면, 적어도 이 정도의 관계까진 아니었다면 아무 상관없었을 일들이 온갖 감정을 끄집어낸다.

각각의 존재로서 일상과 감정을 부분적으로 공유하고 있다 여겨온 것이 무색하게 느껴지는 순간. 나의 몸 깊은 곳까지 이 사람이 흐르고 있는 건 아닌가 싶어지면 온몸이 잔잔했던 호수가 된다. 과거형으로 남은 이유는 수많은 물결이 만들어짐을 목격하고 있기 때문이다.

일정함

대단한 걸 해주려는 데만 급급한 사람보단 일관성 있고 기본에 충실한 사람을 좀 더 좋아한다. 내가 지향하는 방향과 비슷해서일 수도 있고, 그게 얼마나 어려운 일인지 알기 때문일 수도 있겠지만 무엇보다 그런 태도가 가져다주는 안정감이 몹시 크다는 게 첫 번째 이유일 것 같다.

시종일관 뒤죽박죽으로 이어지는 일들 속에서 단단한 일관성으로 함께 해주는 사람은 얼마나 의미 있고 중요한지 모른다. 롤러코스터를 탄 것처럼 들썩이기만 하는 연애에서 마음 졸이는 시간은 지겨워진 지 오래다. 차근차근 쌓이고 이어지는 걸음을 가장 사랑한다.

마음도 마음대로 정리할 수 있다면

안녕이라고
말하지 마

안녕이라고 말하지 마. 안녕 하는 순간에도 안녕이
란 말을 내뱉지 마. 안 그래도 운다는 걸 너도 알고 있
잖아. 모질게 끝내는 말을 한 뒤 내뱉는 안녕이란 인
사가 이상하게도 다정히 들리는 건, 우리가 처음 만
났던 날에 건넨 반가운 인사가 떠올라 더 서러워지는
건, 모두 내가 바보 같아서일까.

안녕이라고 말하지 마. 반가움의 안녕과 모든 걸 끝
내는 안녕이 같은 글자라는 것조차 받아들이기 힘들
다는 걸 너도 알고 있잖아. 그 말을 말하는 목소리를
계속 기억하고 싶지 않아. 그러니까, 안녕이라고 말
하지 마.

세심한
무심

내 마음을 알아주지 않는 이의 무심함에 대해 생각하다가 혹 무심이 아니라 세심하게 피하고 있는 거라면 속이 더욱 쓰리겠다는 데까지 도착했다. 무심함은 찬바람으로 지나가지만, 세심한 무심은 마음에 절창을 남긴다.

아마,
아니 분명

네가 날 좋아하지 않는다면 그것도 슬픈 일이겠지만,

날 싫어하면 아마 더 슬플 거라 생각해.

필요한
말

나에게 주는 마음이라는 게 너무 한결같아서 미안함
과 고마움이 뒤엉켜 간혹 눈물샘을 간지럽힐 때면 이
렇게 사랑받아도 되나 하는 두려움에 휩싸일 때가 있
다. 내 것이라는 기쁨, 잃고 싶지 않은 마음을 끌어안
고 있다 보면 그런 걱정은 할 필요가 없다는 말을 듣
고 싶어진다.

마음도 마음대로 정리할 수 있다면

쌓이는
정적

사람의 감정과 눈은 비슷한 면모가 있을지도 모른다.
때론 기분을 북돋기도 하지만 얼어붙는 순간 위험해
지고 많은 것들이 누르고 지나갈수록 시커멓게 변해
버린다는 점에서. 쌓이는 동안의 눈은 소리 하나 내
지 않지만 짓밟히는 눈은 비명을 지른다. 우리는 무
엇을 덮으려 했고 각자 어디서 비명을 질러 댔을까.

첫마디가
던지는 것

목소리에서도 그 사람이 느껴진다는 걸 더 깊이 깨달아 가고 있다. 그가 내뱉는 첫마디가 주는 느낌은 생각보다 많은 것을 내게 말해 준다. 고작해야 몇 글자 뒤에 숨어 있는 톤, 속도, 숨결의 일부가 내게 던지는 메시지들. 직접적으로 얼굴을 드러내려 하진 않지만 슬그머니 스쳐 지나가는 옅은 정보들.

시간이 주는
시각

추억이라는 단어에 아무렇지 않아 하려면 어느 정도의 시간을 걸어야 할까. 막연함과 막막함에 사로잡힌다. 당장이라도 밋밋해진 감정을 안아 들 수 있다면. 잠은 멀리 달아난 지 오래인 밤, 시간은 누구에게나 공평한 속도로 흐르고 누구도 그걸 막아낼 수 없단 사실에 기대어 본다.

그물

최선을 다한 마음을 가장 특별한 방식으로 주고받는 일만이 유일무이한 관계를 만들어 주진 않는다는 것. 그런 건 끊임없이 이어질 수 없다는 것. 상대방을 위해 품을 들이는 것이 아니라 힘만 들이는 방식만 알고 있었던 시기가 있었다.

그간 만들어진 관계의 굳은살이 가져다주는 편안함에 겁을 내다 일을 그르치기를 몇 번. 문득 이제껏 모르고 지내던 사람의 삶에 내가 하나의 카테고리로 존재한다는 것은 어떤 의미일까를 생각해 보기 시작할 때쯤, 직접 체감할 수 있는 일을 겪고 나서야 다른 방향에 있던 것들이 조금은 눈에 들어왔다.

일상의 공유, 그 사이의 안부. 그것이 연애의 본질이었다는 걸 깨닫는 것. 낡은 그물에 잡혀 있는 게 아니라 부드러운 담요 아래에 편히 누운 느낌.

Cut off

상대에게 내가 아무런 의미도 아닌 것 같을 때 혹은 나를 제외한 다른 것들과 다를 바 없는 의미로 전락해 버린 것 같을 때 찾아오는 미묘한 감정. 그의 인생에 있어 지나가는 행인으로 적혀도 이상하지 않을 것만 같은 기분. 깊은 곳으로부터 질문이 날아온다. 그렇다면 앞으로도 계속 같은 테이블에 앉아 있을 이유가 있는지. 한 마디도 꺼내지 않고 있었지만 이미 머릿속 거리에선 혼자 걷는 내 모습뿐이었다.

함정

우리는 서로에게 뛰어든 첫 순간 생각했던 것보다 깊은 밑바닥에 닿자마자 꽤나 아파한다. 등에서부터 시작해 온몸으로 퍼져나가는 통증에 당황하기까지 한다. 이만큼 깊을 줄은 몰랐지. 이만큼 깜깜할 줄은 몰랐지. 이만큼 좁을 줄은 몰랐지.

날것

좀 더 부드럽게 말할 수도 있는데 그러지 못하는 건 너도 상처 받았으면 좋겠다는 마음 때문일지도 모른다. '내가 너 때문에 속상한 만큼 너도 나 때문에 아팠음 좋겠어' 같은 식의. 분명 서로에게 남는 상처의 개수만 늘리는 일임을 알면서도 날 알아 달란 말 대신 날을 세운다. 아릿한 고통이 세질 무렵, 두 사람은 웅크리다 못해 등을 돌린다. 차분히 마주볼 수 없게 된다.

마지막도 아닌데
이상하게

"너 가면 또 혼자 있어야 되잖아. 너도 이따 혼자 울 거잖아. 그러니까 나도 울래."

너는 나의 말을 부정하지 않았고, 우는 나를 달래고 있는 얼굴은 그리 평온하지 못했다. 너와 나의 얼굴 위로 넘실대는 물기를 이기지 못해 난 더 울고 싶어 졌다.

기억의
전소

사람이 사람을 잃는다는 것은 정체성을 잃을 때의 기분과 같다. 우리를 지탱하던 추억은 순식간에 짐이 되고, 억지로 끌어내다 보면 이따금씩 삐끗하며 넘어져선 바닥에 나뒹군다. 생채기를 바라보고 있노라면 언제쯤이면 모든 게 잿더미가 될까 계산해 본다. 되새김은 불가능하고, 주어진 몫은 그저 어렵기만 한 기억의 전소.

한 번만

마음도 마음대로 정리할 수 있다면

지우고 다시 쓰느라 버려졌던 글자들, 허공에 흩어졌다 모이는 마음들, 거르고 걸러 골라냈던 나의 최선들, 중간중간 찾아온 삐끗함, 결국 보내지 못한 연락, 아무도 모를 기다림. 가장 빠른 길을 갈 수 없어 돌아가야만 했던 시간을 보낸 후 겨우 띄워 보낸 한 마디. 그것은 나만의 도전이자 이곳으로 고개를 돌려 달라는 표현의 일종이었다.

사소하게
시작되고

사람이 사람에게 반하는 포인트는 생각보다 별것 아
닌 경우도 많은 것 같다. 옛 애인 중 하나는 내가 노래
를 부르던 중 눈을 살짝 흐릿하게 떴었던 것이 섹시
했다 했었는데, 사실 가사가 잘 안 보여 찡그렸던 것
뿐이었다.

그런 식으로 사실은 제멋대로 굴절되고, 사소한 오해
는 자동적으로 보기 좋게 포장되는 일. 우리는 그것
을 반복하며 함께 짜이기에 가장 알맞은 실을 가진
사람들처럼 얽히고설킨다.

그러다 걸음은 점점 지루해지고, 퉁명스럽게 튀어나
온 모서리에 걸려 실 한 올이 풀리고 만다. 사소하게
시작되고 준비된 듯 끝나 버리는 일도 반복된다는 걸
그때서야 다시 떠올린다.

마음도 마음대로 정리할 수 있다면

기대

밤늦게 집에 들어올 때, 우리 집 대문 앞에 좋아하는 사람이 서서 땅을 차고 있다가 날 발견하고 웃으면서 다가와 줬음 좋겠다는 상상을 한다. 가로등 불빛을 받아 드러나는 무표정한 얼굴의 골격. 그게 부드럽게 풀어지는 모습을 마주하면 온종일 이것만을 기다렸단 말도 얼마든지 할 수 있을 것 같아서.

빈틈없는
문틈

너의 틈은 어딜까.

티 안 나게 찾는데 잘 안 보여.

그래서 언제나 실눈을 뜨지.

틈을 엿볼 틈을 줘.

마음도 마음대로 정리할 수 있다면

무계획적인
비틀거림

사람이란 게 참 신기하다. 아무것도 아닌 사실이라 해도 의식하기 시작하면 가차 없이 흐트러지기 시작한다. 이제껏 내 삶에 그 어떤 영향도 미치지 못했던 것들이 나의 기준점에 다각도로 의문을 던지며 크게 흔들기를 시도한다. 이겨 내는 힘은 때마다 달라서 갈지자걸음을 만들 때도 많아진다. 아주 작고 옅은 금이 가면서 시작된 것에 비하면 커다란 크기의 변화들은 나로 하여금 비포장도로를 달리는 버스에 힘겹게 서 있는 심정을 겪게 한다.

오랜 시간 동안 새로 태어나고 변형되며 쌓여 온 것들이 이렇게 별일 아닌 이유로 중심을 잃을 수 있다니. 생각보다 공고하진 않았던 건가 싶어 조금은 허탈한 웃음이 나온다. 한동안은 별수 없겠구나. 비틀거리더라도 고꾸라지진 말자는 다짐을 얹는다.

갈증

마음도 마음대로 정리할 수 있다면

목말라하지 않는 것이 연습으로 될까 싶다. 소금물만 마셔 대며 스스로를 축낸다. 갈증을 마시면 더한 갈증으로 되돌아오지만 쫓아내는 말 한 번 제대로 해본 적이 없다. 입술을 움직일 기운조차 없다고 해야 더 정확할지 모르겠다.

눈을 어디에 둬야 할지 헤매는 사람처럼 시야를 이리저리 옮겨 보지만 곧 소용없다는 걸 깨닫는다. 굳게 닫힌 입술처럼 퍼석한 눈꺼풀을 감으며 소망한다. 가슴께에서 찰랑이는 물 위로 유영하는 꿈이 나를 기다리고 있음 좋겠노라고.

높은
계단

사랑하자. 우리, 그냥 사랑하느라 바쁘자.

하지만 나는 문득문득 단념하며 겁먹는 일을 반복했고, 그럴 때마다 칸 높은 계단을 쉬지 않고 오르는 것 같아졌다. 용기 내어 뛰어드는 모습 같은 건 이제 더 이상 없을지도 모르겠다. 좋으면 되는 거라 말하던 과거의 나로부터 지금은 얼마큼 떨어져 있나.

마음도 마음대로 정리할 수 있다면

매일 건널 수 있는
다리

서로의 얼굴을 보는 것, 그러기 위해 시간을 내는 것,
다른 문제를 함께 조율하는 것 등은 어찌 보면 서로
를 위한 당연한 노력일지도 모른다. 그러나 고맙다
는 말을 꺼내는 순간 특별한 것이 된다. 그늘져 있는
노력에도 햇볕을 비추는 일은 두말할 것 없이 소중하
다. 개인을 이어 주는 다리를 견고하게 만드는 건 항
상 대단함만을 필요로 하진 않는다.

홀로 이루는
성취

이제껏 만나온 사람들과는 확연히 다른, 어떤 시간과
추억이든 뛰어넘는 특별한 연인이었으면 하는 바람.
'그게 아니면 아무 소용없는'이란 말을 머금는 순간 환
상에 사로잡힌 달리기가 시작된다. 어떤 인간도 끝없
는 트랙을 견딜 만한 지구력을 갖고 있진 않다. 정해
진 방향으로 정해진 구간을 빙빙 돌고 있는 건 아직
그걸 깨닫지 못했기 때문이 아닐까. 누군가 억지로 시
킨 적 없는 일이니 다른 이가 끼어들어 말리는 걸 기
다리기보단 스스로 멈춰서는 게 더욱 빠를 것이다. 어
느 지점이 됐든, 바로 그곳이 결승점이 될 테니.

껍데기
가르기

"어떻게든 그 사람 인생에 끼어들고 싶어 난리를 쳐 봤지만 안 되더라고요."

"그래서 포기했어요?"

"끼어들려고 했던 내 자신으로부터 빠져나오려고 하고 있어요."

레이스

그 사람이 갖고 있는 추억이나 의미 같은 것들을 뛰어넘고 싶어져서 조급한 마음에 쫓기던 시간들. 누구도 시킨 적 없는 레이스에 결승점 따위 있을 리 만무했다. 언제든 멈춰 설 수 있음을 잊은 것처럼 응원 없는 달리기를 이어나가는 쓸데없는 성실함. 그건 내 등을 떠미는 걸 시작으로 종국엔 두 다리를 대신하려 했다.

연속되는 허들 넘기를 마친 후 가쁜 숨을 몰아쉬다 한참을 웃었다. '정말이지 의미 없는 짓들을 한 거야.' 그제야 그 자리에 드러누웠고 숨도 고르게 변해 갔다. 드디어 내가 만든 결승점에 도달한 순간이었다.

최소한의
자리

오랜 시간 동안 생각했다. 난 무엇을 바랐던 건지. 당신이 내뱉는 모든 계획에 내가 있었으면 했나? 당신의 모든 순간에 내가 있길 바랐던 거라면 나의 욕심이었을까? 하지만 결국 깨달은 것은 당신의 현재에라도 내가 온전히 있었음 했다는 거다.

미래란 건 어찌될지 아무도 모른다고 하면서도 현재에 내 자리가 없으니 그 어떤 곳에도 날 위한 1인석은 없을 거란 생각이 들었다. 그제야 대부분의 시간들이 허망했던 이유까지 깨달았다.

어쩐지,

어쩐지,

어쩐지.

뚝뚝 떨어지는 마음.

무언의
외침

네 이름을 부르다 잠이 든다. 네가 듣지 못하기에 부를 수 있는 것이다. 내 목소리가 작게라도 가닿을 수 있다면 모든 말을 삼켰겠지. 그러면서도 한 마디만이라도 귀 기울여 주길 바라는 답답한 소망을 가졌다. 이치에 맞지 않는 짓을 하면서 모든 게 순탄히 이어지길 바라는 건 이기적임을 스스로도 알고 있다.

마음도 마음대로 정리할 수 있다면

프리퀀시

어젯밤에도 네 생각을 했다는 목소리가 그렇게 건조
할 수 없었다. 주파수가 불안정하게 잡힌 라디오처럼
모든 게 지지직거리는 소리를 낸다. 귓가에서 쩍쩍
갈라지는 말에 또 얼마나 목이 탔는지 모른다.

조각이 되어 가던
시간

아주 가끔씩 내가 겪었던 모든 이별을 떠올린다. 그
들을 그리워하는 게 아니라 이별 이후 느꼈던 극심한
괴로움에 대해 생각하는 것이다. 도저히 어떻게 감당
이 되지 않던, 내 자신이 산산이 부서져 감을 실시간
으로 느끼던 그 모든 순간순간들.

마음도 마음대로 정리할 수 있다면

아무렇게나

무척이나 힘들었던 하루를 끝마치고 집에 도착하자 마자 긴장이 풀렸는지 아픔이 한꺼번에 몰려와 울었 다. 아프기만 했던 건지 서럽기까지 했던 건지 모르 겠으나, 그저 마구 울음이 터져 나왔더랬다. 그래서 너를 안고 싶었는데 그럴 수 없어서 더 서러워졌고, 그래서 난 계속 계속 울었다. 울음의 쳇바퀴 속에 있 었다. 온통 어지럽혀진 방에서, 나는 아무 데나 놓인 물건과 크게 구분되지 않았다.

산책과 달리기의
차이

나는 누군가가 달리는 모습을 보며 응원하고 싶었던
것이 아니라 비슷한 속도로 걷고 싶었을 뿐이다. 먼
저 뛰어가고 먼저 도착해서 내가 얼른 오길 닦달하는
사람의 뒤를 쫓고 싶었던 것이 아니라 비슷한 경치를
이따금씩 다르게 보며 같이 걷고 싶었다.

상대의 사정이야 어떻든, 나는 너무 조급해하는 사람
들을 볼 때마다 신뢰를 갖기 힘들었다.

'너는 너만의 달리기를 할 참이구나. 신호탄 소리만
기다리고 있는 거야.'

상대가 생각하는 것은 50미터 달리기 같았다. 나는
같이 산책할 수 있는 사람을 원했다. 조급한 이들은,
어떤 행동으로 자신을 증명해 내고자 하는 욕구가 흘
러넘치는 것처럼 보였다. 증명 대상은 당연히 내가
아니라 본인이었고. 그런 사람 앞에서 나는 구경꾼이
될 뿐이다. 그들은 내가 아니라 '이런 것까지 해내는
자기 자신'과 연애했을 것이다. 그때마다 생각했다.

'너의 전부를 줄 것처럼 말하지 마. 난 아무 핑계 없어도 손을 잡을 수 있는 걸 원해. 너의 일상을 전부 지우겠다고 말하지 마. 일상 사이의 안부를 전할 수 있는 사이이길 원해. 그 차이가 뭔지 아니. 아, 너무 멀리 가서 안 들리는구나.'

난 나중에도 지킬 수 있는 말을 하고 싶었고, 그들은 지킬 수 있든 없든 지금 이 순간만 해낼 수 있는 말을 했다. 사람 마음이란 게 그러하니 나도 좋아하는 이가 더 빨리 다가와 주길 바랄 때가 많았지만, 그것과는 별개로 혼자 걷는 것이 아니면 보속을 조절할 줄 아는 사람이 좋다.

흠

"됐어"라든가 "아무것도 아냐" 같은 말들은 미세한 상처가 되어 쌓인다. 인생을 순간적으로 크게 흔들진 않지만, 사소하게 남는 흠은 사라지지 않고 조금씩 모여 큰 벽을 이룬다. 도무지 그 이상 나아갈 수 없는 숨 막힘을 동반하며 느리게 낡아 간다.

끝

고민한다는 자체가 아직 아니란 뜻인 걸까. 그런 의
문 때문에 고민에 할애하는 시간은 더욱 길어진다.

경험상 '끝'이란 단어가 주변을 맴돌 때마다 나는 그
걸 환대하지 않았다. 아직, 아직은 아냐. 혹은, 한 번
만 더. 그런 마음으로 등을 떠밀며 "아직 아니라고 했
잖아. 다음에 다시 와"라고 말했다.

하지만 정말 모든 게 끝날 시점엔 '끝'이란 단어의 흔
적은 요만큼도 눈에 띄지 않았다. 아마도 그곳에 다
시 찾아왔을 그 말을 마주치기도 전, 이미 내가 거길
떠나 버렸기 때문이리라.

무책임한
화법

무뚝뚝하단 말로 자신의 무심함과 무책임함을 포장하려는 사람들이 너무 많다. 특정 상황에서 벌어지는 일이 어색하거나 방법을 잘 모르는 것과 상대방에게 조금 더 집중하고 기민하게 관찰할 필요성을 크게 느끼지 못하는 것은 아주 다르다.

단순히 조금 더 신경 쓰고 싶지 않아서, 해내고 싶지 않아서, 에너지를 쏟고 싶지 않아서, 전과 같은 마음이 남아 있지 않아서 한 선택들과 무뚝뚝함은 어떤 관련이 있을까. 무책임이란 말에 박힌 가시까지 본인이 갖기엔 두려워 비슷한 말 뒤에 숨고 싶은 이들의 화법에 끌려 나온 단어는 아닐까.

비루한
비겁함

못된 주제에 그만한 용기도 없는 새끼들이 비겁함을 택한다. 온전히 나쁠 자신도 없고, 본인의 행동이 만든 결과를 받아들일 깜냥도 없어서 무엇보다 빠르게 뒷모습을 보인다. 그 와중 챙긴 알량한 자존심까지 모든 게 우스워서 할 말을 잃는 건 언제나 타인의 역할이다.

닿지
않을

닿지 않을 숨. 이미 많은 거리를 지나쳤거나 도중에 끊어졌거나 너무 엉켜 버려 다시는 닿지 않을 그런 숨이 있다. 내쉴 때의 결까지 기억나는, 누군가가 늘 일정하게 내뱉던 투명한 덩어리. 그것이 내게 닿던 방식까지 기억한다. 아마 직접 볼 수 있었다면 색도 제각각이었을 게 분명하다.

어떤 것은 제법 그립고, 어떤 것은 편하다. 그 사이사이 다신 떠올리고 싶지도 않은 것도 섞여 있음은 물론이다. 가장 닿고 싶기에 닿지 못할 것은 제일 먼 곳에 있음은, 슬프게도 물론이다.

마음도 마음대로 정리할 수 있다면

일어난 적
없는 일

그런 생각해 본 적 있는지 물어보고 싶을 때가 있다. 만약 우리에게 아무 일도 없었다면 어땠을까, 하고. 우리가 서로에게 일어난 적 없는 일로 존재했다면 아직도 알고 지내고 있을까. 이따금 연락하고, 안부를 전하고, 대화하고, 무언가 물어보고, 만나고, 다음을 약속하고. 별 탈 없이 지내고 있을까.

꼭 상대방이 내게 갖는 가치, 또는 아직 남은 미련 때문에 생기는 궁금증은 아니다. 그저, 어땠을까. 막연히 그렇게. 우리가 그렇게 지내기엔 처음부터 조금 다른 결을 갖고 있지 않았나. 애초부터 그건 불가능한 일이었던 걸까.

당신은 나에게 아무 사건도 아니었어야 했는데. 그랬다면 내가 당신에게 상처 주지 않았을 텐데. 내가 당신에게 상처 받지 않았을 텐데. 지겹고 짜증나는 기억 따위 생기지도 않았을 텐데.

……여러 열매들이 맺힌다.

마지막

마지막이라는 게 얼마나 슬프고 아픈 건데.

다시는 어떻게 할 수도 없는 거야.

다시는, 두 번 다시는.

곱씹고 곱씹다 보면 나락으로 떨어지는 기분.

'내 평생에 두 번 다시는.'

더 이상

이제는 믿지 않게 되어 버린 말들이 많다. 그렇다고
해서 믿어 보고 싶은 말들이 하나도 없는 것까진 아
니다. '역시 믿어선 안 됐던 거지'라며 허탈해하는 횟
수가 너무나도 많았던 게 다시금 슬퍼졌을 뿐이다.
믿고 싶었다는 건 갖고 싶었다는 뜻이니까.

환상의 다른 말은
욕심

사람은 상대방이 어느 방향으로 노력하고 있는지에
따라 현재 모습을 받아들이려 한다. "있는 그대로의
나를 사랑해 줘." 그 말이 머금고 있는 환상은 부담이
란 녹이 되어 스며든다. 천천히 부식되어 가는 사이,
'있는 그대로의 모습'은 점점 낡고 흉해진다.

마음도 마음대로 정리할 수 있다면

돌아가더라도
돌아갈 수 있는 곳

이별 후의 난, 삼 일 밤낮을 질질 짜고 기절하듯 잠들었다 눈 뜨자마자 또 우는 일을 반복했다. 그러다 '이쯤 울면 됐지' 하고 일어나 밖을 쏘다니다가 문득 울컥하면 또 한 번 질질 짜주는 걸 몇 번 반복하다 보니 적당히 살 만해졌다.

당장은 불편한 일이 일어났을지언정 결국 돌아갈 구석이 있단 걸 알고 있었다. 그게 어디냐면, 바로 내 자신.

내가 사랑하는 것들이 나를 초라하게 만들 때, 이제는 그것을 벗어던질 때가 됐음을 알면서도 미련을 떠는 나를 본다. 아닐지도 모른다는 바람은 그럴 리 없지 않냐는 역풍으로 불어오는데도 도통 갈피를 잡지 못한다. 널널해진 옷장을 보고도 아무 생각이 안 들 때쯤에서야, 애쓰던 것이 아니라 떼쓰던 것뿐임을 깨닫는다.

마음도 마음대로 정리할 수 있다면